Karl Heinrich Waggerl:
Die Kunst des Müßiggangs

Deutscher
Taschenbuch
Verlag

dtv

Von Karl Heinrich Waggerl
sind im Deutschen Taschenbuch Verlag erschienen:
Das Lebenshaus (25007)
Kraut und Unkraut (25019)
Die Pfingstreise (25039)

Mai 1987
3. Auflage Februar 1991
Deutscher Taschenbuch Verlag GmbH & Co. KG,
München

Umschlaggestaltung: Celestino Piatti unter Verwendung eines Scherenschnittmotivs von Karl Heinrich Waggerl
Gesamtherstellung: C. H. Beck'sche Buchdruckerei, Nördlingen
Printed in Germany · ISBN 3-423-02587-5

Inhalt

›Die Kunst des Müßiggangs‹ ist erstmals im Jahre 1956 in dem Buch ›Das Lebenshaus, eine innere Biographie‹ im Verlag der Arche in Zürich erschienen. Der vorliegende Text folgt der vom Autor revidierten Einzelausgabe vom Mai 1959 bzw. der achten Auflage von 1970. Die Illustrationen wurden frei nach Scherenschnittmotiven des Verfassers von Hans Bächer in Linol geschnitten.

›Wanderung und Heimkehr‹ ist erstmals im Herbst 1957 erschienen. Der vorliegende Text wurde der Ausgabe des Verlags der Arche von 1971 entnommen.

Die Kunst des Müßiggangs

»Träget doch die Biene aus vielen Blumen Honig zusammen, ob manche Blume gleich besser wäre als die andere. Was fraget die Biene danach? Sie nimmt, was ihr dienet. Es ist ein ganz jämmerlich Ding, daß der Mensch dem also nachläuft, was ihm doch selber nachliefe. Er läuft nach Kummer und Sorgen, und das läuft ihm doch selber nach. Es ist, als wäre er immer toll und machet sich Unruhe. Ließe er sich genügen, so hätte er Ruhe.«

Jakob Böhme

Müßiggang, sagt man, sei aller Laster Anfang. Das ist eines von jenen geflügelten Worten, die mich zeitlebens mit der Zudringlichkeit gewisser Fliegen belästigt haben. Welch ein Irrtum übrigens, wenn man sich die Sache gründlicher überlegt! Wieviel Mühe hat es mich doch die Jahre hindurch gekostet, eine vorsichtige Auswahl von Lastern zu erwerben, sie sorgfältig zu pflegen und in anständigen Grenzen zu halten. Anderseits kann ich beschwören, daß mich wiederum nur ein ausgeprägtes Talent zum Müßiggang davor bewahrte, allen Lastern zu frönen, die überhaupt für einen bescheidenen Menschen zugänglich sind. Laster zu haben erfordert Fleiß, ein erhebliches Maß von Witz außerdem und von Geschmack. Man könnte also eher behaupten, daß eine gewisse Trägheit die Mutter der meisten Tugenden sei. Weil ich nun nichts so sehr fürchte und verabscheue wie Langeweile, mußte ich mir angewöhnen, auch etliche Tugenden, die ich anstandshalber zur Schau trage, so zu handhaben, als ob sie Laster wären, und das geht leider schon so weit, daß ich nichts Gutes mehr tun kann, ohne ein schlechtes Gewissen dabei zu haben. Ich weiß, die braven Leute, jene, die sich ohne Scheu gute Menschen nennen lassen, die Gerechten auf der Litfaßsäule werden sagen, ich sei frivol. Vielleicht ahnen sie wirklich nicht, daß sie dem Mitmenschen nach dem Leben trachten, wenn sie so eifrig darauf aus sind, ihn von seinen Fehlern zu heilen. Ich habe etwas gegen gute Menschen, Gott schütze mich davor, je einer zu werden. Wohin ich schaue, die Geschichte auf und ab, ich sehe nur Gerechte am Werk, leidenschaftliche Anwälte der Unterdrückten, beherzte Kämpfer gegen alles Unrecht, und dennoch dampft die Welt vom Blut der Unschuldigen. Liegt es etwa daran, daß sich die Sünder ganz gut vertragen würden, wenn sich die Gerechten nicht fortwährend in den Haaren lägen? Laßt mich also getrost weiterstolpern meinen Weg entlang. Wohin kann ein Mensch fallen, wenn er stolpert? Er fällt in Gottes Arme.

Nein, man sollte nicht zuviel auf alte Sprüche geben. Oft sind sie nur Gemeinplätze, Friedhöfen vergleichbar, auf denen verstorbene Weisheiten begraben liegen. Einigen freilich wohnt eine unwandelbare Gültigkeit inne, wie etwa dem Wort von den Lilien, die nicht weben und spinnen und sich doch herrlicher tragen als der König Salomon mit all seiner Pracht. So etwas kann einen trösten, auch wenn man wahrhaftig keiner Lilie vergleichbar ist, außer es wüchsen ihrer so viele auf Gottes Auen, daß er sie wie Unkräuter ansähe. Der Schöpfer hält es offenkundig mit den Sorglosen, den Langsamen, den Beschaulichen, vielleicht hat er sein Gleichnis so gemeint. Er selber hat die Welt in sechs gemächlichen Werktagen aufgebaut, während es dem Teufel in einem Augenblick gelang, sie wieder zu verderben. Denn nur der Böse ist geschäftig. Was wäre auch der Teufel, wenn er nichts zu tun hätte! Frag nicht warum, flüstert er uns ins Ohr, was kümmert dich der Sinn deines Daseins! Frag »Wofür?«, denn was du tust, muß doch einen Zweck haben. Und deshalb sitzt hinter allem Menschenwerk solch ein Zweck, ein nichtiges Trachten, eine winzige Schäbigkeit. Das ist es, was den Menschen heutzutage so jämmerlich klagen läßt, er sei gehetzt. Wer hetzt ihn eigentlich? Er kann nichts tun, ja, er kann nicht einmal nichts tun, ohne nach irgendeinem Nutzen dabei zu schielen. Himmel und Erde, Wind und Wasser, alles Lebende und Wirkende hat er in sein Joch gebeugt, er scheut kein Geheimnis mehr und achtet auch keines. Es gibt nur noch ein Wesen in der Welt, dem er mit panischer Furcht gegenüber steht, sich selbst. Das, was ihn eigentlich erschrecken sollte, erkennt er gar nicht: daß ihm alle Dinge feind sind, daß er einsam ist. Er fürchtet sich nur davor, allein zu sein, allein mit sich selbst.

Immer einmal, wenn ich in die Stadt komme, höre ich die Freunde das Lied vom glücklichen Landleben singen, wie sehr ich doch zu beneiden sei um die Ruhe, den heiligen Frieden der Natur, weitab von allem Lärm und Getriebe. Manchmal ärgert mich das, dann lade ich einen von diesen Sängern zu mir ein. Ich sehe ihn einen endlosen Tag die Wiesen entlang laufen und verlassen in den lautlosen Wäldern sitzen, bis er verstört wieder bei mir ankommt und kaum noch mit einem Schnaps zu trösten ist. Gottlob, endlich wieder Schallplatten, eine Zeitung, ein Radio, wie gemütlich! Der Freund duldet es dann sogar, daß ich ihm etwas zu lesen gebe, kein eigenes Manuskript, so herzlos bin ich wieder nicht, nur ein paar Worte von einem alten Weisen: »Träget doch die Biene«, sagt Jakob Böhme, »aus vielen Blumen Honig zusammen, ob manche Blume gleich besser wäre als die andere. Was fraget die Biene danach? Sie nimmt, was ihr dienet. Es ist ein ganz jämmerlich Ding, daß der Mensch dem also nachläuft, was ihm doch selber nachliefe. Er läuft nach Kummer und Sorgen, und das läuft ihm doch selber nach. Es ist, als wäre er immer toll und machet sich Unruhe. Ließe er sich genügen, so hätte er Ruhe.«

Aus dem Himmel fällt kein Meister, sagt wiederum ein anderes Sprichwort. Das halte ich für eine der verläßlichsten Auskünfte über jenseitige Verhältnisse. Denn wie sich aus dem Zustand der Welt schließen läßt, scheint bisher wirklich nur Pfuscher das Mißgeschick getroffen zu haben, aus dem Himmel zu fallen. In Wahrheit bleiben wir alle, von der Wiege bis zur Bahre, nur unbeholfene Lehrlinge in der schwierigsten aller Künste, der Kunst zu leben. Wer eigentlich ist unser Lehrmeister? Die Erfahrung, sagt mir das bärtige Alter. Aber seit ich selber anfange, alt zu werden, bin ich dessen nicht mehr so sicher. Erfahrungen wären nur dann von Wert, wenn man sie hätte, ehe man sie machen muß. In der Jugend lebt man eine gute Weile recht munter vom Kapital, später begnügt man sich mit den mageren Zinsen, die der Rest abwirft, und ganz zuletzt stehen wir wohl alle als Zechpreller vor dem Richter. Anders gesagt: solang man jung ist, könnte man vieles, wenn man nur auch schon einiges wüßte, und im Alter wüßte man einiges, aber nun kann man nicht mehr viel.

Ich denke noch des Tages, an dem ich, ein ungebrannter Jüngling, aus dem Feuerofen des Krieges, zum erstenmal durch dieses mein Tal hereinwanderte, ganz allein um die Abendzeit. Alles, was ich damals besaß, trug ich bei mir, ein paar Hemden und wollene Strümpfe im Rucksack, zwei Äpfel und die Seife in der Hosentasche und einen Muttergottes-Pfennig um den Hals. Am anderen Morgen sollte ich mein Amt als Lehrer im Dorf antreten, aber das Dorf kam nicht, nur die Dunkelheit kam auf dieser endlosen Straße. Mitten im Wald traf ich einen Menschen, einen unheimlichen Kerl, und ehe ich mich's versah, ging er auch schon neben mir her. Wenn einer wie ein Räuber aussieht, ist er gewöhnlich keiner, dieser jedenfalls war ein Schuster, wie ich gleich erfuhr, unterwegs auf Stör bei den Bauern. Es währte nicht lange, da hatte auch ich mein Woher und Wohin einbekannt und das rührte den Mann beinahe zu Tränen. »Ein Lehrer bist du?« sagte er. »So jung und schon das ganze Leben verpfuscht!« Mein Begleiter hatte aber auch gleich einen Trost bei der Hand, einen Schluck aus seiner Flasche, und das war Schnaps von einer Sorte, wie sie nur ein Störschuster verträgt. Wir lehnten am Geländer einer Brücke Arm in Arm, unten rauschte das böse Wasser und über uns zog ein halber Mond durch das Gewölk, da begossen wir mein Schicksal noch einmal und sangen miteinander. Ich kannte alle Lieder, die der Schuster anstimmte, weil meine Mutter Kellnerin gewesen ist. Es klang auch wunderschön zusammen, aber Eulen und Waldmäuse sind kein einträgliches Publikum und deshalb beschlossen wir, weiterzuziehen und beim ersten Bauern einzukehren oder im Wirtshaus, wenn uns Schnaps und Rührung so weit kommen ließen. In jenen Zeiten war einer überall gerne gesehen, der sich auf eine unterhaltsame Kunst verstand, die Leute mußten sich ja noch alles selber machen, Betrübliches und Vergnügliches, sie hatten keine Schalter zu drehen und keine Knöpfe zu drücken. Jetzt genieße ich diese Welt der Schalter und Knöpfe natürlich auch, und so ausgiebig, daß ich mir kaum noch selber etwas pfeifen mag. Pfiffe liefert mir der Rundfunk, mehr als ich haben will. Aber dennoch, es muß wohl an mir liegen, wenn ich gewisse Dinge nicht mehr verstehe, sobald ich sie begriffen habe. Das Dasein ist so bequem geworden, die alten Saumpfade des Lebens sind so spiegelglatt geebnet, daß man besser tut, sich mit der vorsichtigen Eile einer Schnekke darauf zu bewegen, aber wozu dient dann eigentlich der ganze Aufwand! Der Fortschritt, scheint mir, hat uns überschritten. Ich besitze ein Lexikon, das zur Zeit meiner Geburt gedruckt wurde, und da lese ich unter dem Stichwort »Aviatik«, es handle sich um eine technische Spielerei ohne Zukunft. Bombenflugzeuge eine Spielerei zu nennen, würde ich zwar nicht wagen, aber in der Behauptung, daß sie keine Zukunft haben, könnte eine schreckliche Wahrheit liegen.

Nun, ich wollte ja eigentlich von meinem Störschuster erzählen. In der Schenke geriet ihm gleich eine Zither unter die Finger, ich begleitete ihn auf der Gitarre, und im Handumdrehen hatten wir das halbe Dorf auf den Beinen, noch die müdeste

Magd schloff wieder in ihren Kittel und kam zum Tanz.

Der Morgen graute schon, als wir Spielleute endlich auf einem Grabstein im Friedhof saßen und brüderlich teilten, was uns die Nacht eingetragen hatte, es war nicht wenig für den Anfang. Seltsam übrigens, wie oft ich auf einen Friedhof gerate, wenn sich etwas Bedeutsames in meinem Leben entscheidet. Sogar mein Mädchen lockte ich immer gern dort hin, wenn ich eines hatte, vielleicht sind mir deshalb so viele davongelaufen. Der Schuster meinte, so wie sich die Sache anließe, könnten wir leicht unsere Arbeit an den Nagel hängen und bei der Kunst bleiben. Aber ich wollte es schandenhalber doch fürs erste mit der Schulmeisterei versuchen, nicht ahnend, wieviele Um- und Irrwege ich mir hätte ersparen können, wenn ich gleich unter die Bänkelsänger gegangen wäre.

Ein Jahr oder zwei stand ich dann wirklich in der Schulstube, nicht durchaus zum Wohlgefallen meiner Vorgesetzten, fürchte ich, aber zur ungemischten Freude der Kinder, das weiß ich sicher. Es gibt noch heute einige Analphabeten aus dieser Zeit im Dorf. Ich hatte ja selber den Kopf voll krauser Ideen und war weder scheu noch gescheut, wenn es darum ging, sie ins Werk zu setzen. Irgend etwas Großes, weithin Hallendes stand mir im Sinn, ich wollte dieses kümmerliche Dorf zu einer Stätte der Musen machen, und weil ich

Österreicher bin, tat ich, was ein Österreicher in solchen Fällen immer tut, ich gründete einen Verein. Es gab ja schon etliches dergleichen, die Veteranen zum Beispiel oder die Schützen, aber die duldeten nur würdige und eingesessene Bürger in ihren Reihen. Ich aber wollte die Jugend unter meiner Rebellenfahne sammeln, neue Gedanken wie Brände in diesen modrigen Haufen schleudern, kurzum ein Theater gründen. Reinhardt war mein Vorbild, als wir auf einer Tenne die Bühne einrichteten, und das erste Stück sollte ›Jedermann‹ sein. Es ging auch alles großartig vonstatten, abgesehen von ein paar Kleinigkeiten, etwa, daß Mammon seine Finger nicht schnell genug zurückzog, weshalb man noch eine Weile dumpfe Flüche aus der Geldtruhe hören konnte, nachdem der Deckel zugeklappt war und daß mir der Tod, statt sich in meinem Rücken zu grausiger Höhe aufzurichten, von hinten um den Hals fiel, weil er nicht nur auf einen Schemel, sondern obendrein sich selber auf die Schleppe trat.

Alles in allem, wir durften Mut fassen und nach dem Höchsten greifen. Den ›Faust‹ zu spielen mußte ich mir freilich fürs Nächste versagen, aber nur, weil ich keine Jungfer finden konnte, die es ohne Gefahr übler Nachrede hätte wagen können, ein Mädchen in Kindsnöten darzustellen. Dafür schlugen die ›Räuber‹ um so kräftiger ein. Als ich nämlich entdeckte, daß Karl und Franz nie zu-

gleich auf die Bühne kommen, übertraf ich alles Hergebrachte und spielte beide Rollen, mit einer Behendigkeit der Verwandlung vom Helden zum Schurken, die ich mir heute nicht mehr zutrauen dürfte. Oh, welch ein Genuß, die harten Bauernköpfe unten im Saal anzuknirschen: »Menschen, Menschen, heuchlerische Krokodilsbrut!« – aber wenn ich fortfuhr: »Küsse auf den Lippen, Schwerter im Busen!«, dann griffen sich doch nur die Weiber betroffen an das Mieder. Überhaupt schien mir das Tragische nicht genügend einzuschlagen, die Klassiker verfuhren viel zu umständlich, wenn sie jemand für immer von der Bühne räumen wollten. Außerdem war es eine verteufelte Schwierigkeit, daß mich die Leute zu gut kannten, als einen sonst umgänglichen und eher harmlosen Burschen. Deshalb hielten sie es für einen ausgesuchten Spaß, wenn ich unter dem Fluch meines gnadenlosen Schicksals verzweifelte, wenn meine lodernde Leidenschaft durch die schwankenden Kulissen tobte, Haß und Eifersucht und was sonst das Tierische menschlich macht. Es war eine bittere Erfahrung, daß mich niemand ernst nehmen wollte, außer mir selbst, es kränkte mich. Erst sehr viel später beruhigte ich mich mit der Einsicht, daß gelachte und geweinte Tränen einerlei Salz enthalten.

Zu lachen hatte ich selber eigentlich wenig in jenen Jahren, ich wüßte nicht mehr zu sagen, wovon ich mich ernährte und wessen Gast ich von einem Tag zum andern war. Wir aßen ja alle aus der gleichen Schüssel, es gab überhaupt keinen wohlhabenden Menschen im ganzen Dorf. Deshalb litt auch mein Ansehen durchaus nicht, wenn man mich mitunter barfuß zur Bahn laufen sah, weil ich meine Schuhe für die Stadt schonen wollte. In jener Zeit fing ich nämlich an, allerlei aufzuschreiben, es waren feierliche Gesänge und düstere Geschichten, von denen ich heute noch wie damals glaube, daß sie nicht ihresgleichen hatten, heute freilich in einem anderen Sinn als in jener Morgenzeit meiner Berufung. Mein Selbstvertrauen war durch nichts zu erschüttern, es ist ja leider so, daß man schon sehr viel können muß, um auch nur einzusehen, wie wenig man kann. Ungemein rührig lief ich dann in der Stadt überall bei den Zeitungsleuten herum, ich kramte meine Zettel aus der Tasche und war schon glücklich, wenn ich sie nicht gleich wieder einstecken mußte. Nach Jahr und Tag hatte ich es immerhin so weit gebracht, daß der Redaktor nur noch mit den Augen winkte, wenn ich kam, ich durfte mein Zeug schon selber auf den Haufen legen, der sich neben dem Papierkorb auftürmte.

Einmal aber, um Weihnachten, geschah es, daß mir der Briefträger eine Zeitung in die Stube brachte, und nicht nur das, er zählte auch noch Geld auf den Tisch, großes Geld in Scheinen. In dem Blatt aber fand ich eine meiner Geschichten abgedruckt, sie stand da über eine ganze kostbare Seite hinweg ohne jede Beschönigung, ohne ein Wort der Entschuldigung. Immer noch zittern mir die Hände, wenn ich mein Geschriebenes gedruckt in Händen halte, aber dieses erstemal erstickte ich beinahe an einem unbeschreiblichen Glücksgefühl, mir war, als sei ich eben neu erschaffen und bei meinem Namen gerufen worden. Ach, dieser Name, er hatte mir oft Kummer gemacht, weil er so wunderlich klang und die Leute zu allerlei lächerlichen Reimen ermunterte. Im Knabenalter schwor ich mir oft, daß ich später zum Kaiser gehen und ihn bitten würde, mich umzutaufen. Und nun stand er da in großen Lettern, prächtig anzusehen, ich war doch noch mit ihm zu Ehren gekommen. In diesem Augenblick, dachte ich, lesen ihn tausend Menschen oder noch mehr, sie kennen mich jetzt und nicken mir gleichsam zu und ich bin nicht mehr so allein.

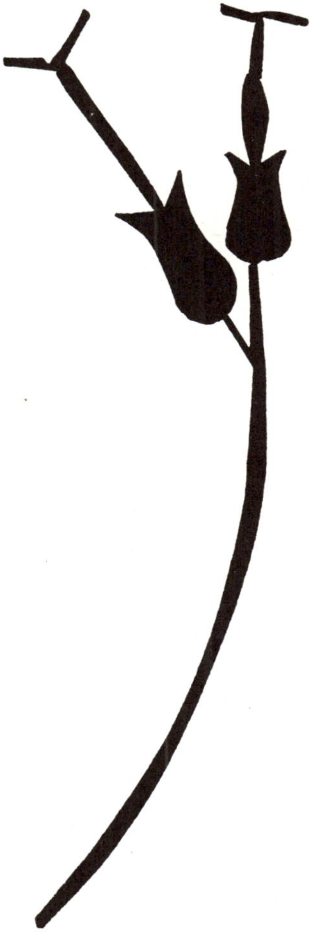

Das war vor dreißig Jahren, inzwischen habe ich eine Unmenge von weit besserem Papier vergeudet, ein ganzes Wäldchen, wenn man es in gewachsene Bäume umrechnen will. Aber jenes Blatt besitze ich noch – wird man mir verzeihen und mich gewähren lassen, wenn ich jetzt versuche, mein erstes Machwerk noch einmal vor mich hinzusagen? Weil es damals vielleicht doch nicht tausend Leute waren, die es lasen? Es ist natürlich nichts Besonderes, von einer Decke geht darin die Rede, von einem Menschen namens Martin. Es ist also Winter, ein grauer Tag, der früh endet, und nun geht dieser Martin durch die Gasse zwischen den Häusern im Dorf. Manchmal springt ihn plötzlich der Wind an wie eine Katze, dann schwankt der Mann ein wenig und hebt begütigend die Hand. Er ist seit dem Mittag unterwegs, um nach einer blanken Fensterscheibe zu suchen, in der er sich spiegeln könnte, aber es gibt keine blanken Scheiben hier herum. Es gibt da nichts, was einem vom Leben Begnadeten Gelegenheit böte, in seinem Glück zu glänzen. Was war Martin bis zum heutigen Tag, woher kommt er, wohin geht er? Er gehört einer anderen Welt an, aber Gott hat ihn für eine Weile in der Wüste ausgesetzt und nun fegen ihn Wind und Wetter über die Erde weg wie ein dürres Blatt.

Martin ist dumm, und er taugt auch für keine Arbeit, weil er ein allzu weiches Herz hat. Die Kinder treiben gern ihren Spaß mit ihm, die lieben

Kleinen. Sie wissen, daß Martin mittags auf der Kirchenstiege hockt, um sein Brot zu essen. »Höre doch, Martin«, sagen sie, eins nach dem andern – »ich bin so hungrig, Martin, gib mir Brot!« Und Martin gibt ihnen, bis er mit leeren Händen betrogen auf der Treppe sitzt.

Nein, Martin ist für nichts zu gebrauchen, er versteht sich nur auf eine einzige, allerdings seltene Kunst: mit den Ohren zu fächeln. Martin macht sich nichts daraus, aber den Leuten gefällt es, sogar der Doktor hat ihn untersucht. Ein Atavismus, sagte er. Vor ein paar hunderttausend Jahren hätten wir das alle gekonnt, behauptete er, dieser Ketzer.

Nun geriet aber Martin am Morgen in eine Gesellschaft betrunkener Viehhändler. Martin fächelte ihnen zu Gefallen aufs Wunderbarste mit den Ohren, bis sie das Schauspiel satt hatten. Plötzlich verfielen sie darauf, mit ihm Karten zu spielen. Einer von den Burschen setzte seine neue Pferdedecke gegen Martins bewegliche Ohren, er legte sein blankes Raufmesser vor sich auf den Tisch und die Decke daneben.

Das konnte schlimm enden, Martin verstand sich ja nicht auf dieses Roßtäuschergeschäft. Er spähte nach einer Gelegenheit, davonzulaufen, aber als er die Karten hinlegte, zeigte sich, daß er mit allen Trümpfen gewonnen hatte.

Die Decke ist wirklich neu und unglaublich dick und warm, drei rote Streifen zieren ihre Säume.

Martin hat ein Loch hineingeschnitten und nun trägt er sie wie einen Mantel, mit königlichen Falten fällt er bis zum Boden herab.

Der Wind zieht schärfer und es fängt zu schneien an. Martin denkt an Nächte in regennassen Gräben und in offenen Scheunen, wenn das Gebälk in der Kälte krachte. Er schiebt die Hände ausgebreitet unter das Hemd und befühlt glückselig seine warme Haut, während ihm der Schneewind über den nackten Schädel fegt. Im Gehen unternimmt er eine umständliche Untersuchung seiner Taschen, um auszukosten, wie geräumig sein härenes Haus ist. Zärtlich klopft er mit den Fingern an die Innenseite dieser köstlichen Hülle und der Schnee fällt ab wie trockene Wolle. Martin lächelt. Gott hat ihn aus dem Staub gehoben.

Von einem Hause her dringt Lärm durch erleuchtete Fenster. Jetzt erst gewahrt Martin, daß er wieder vor dieser Schenke steht, in der er am Morgen sein wunderbares Abenteuer bestand. Das ist rätselhaft und unheimlich, es drängt ihn die verwegene Lust, ein wenig durch die Scheiben in die Stube zu spähen. Aber die Vorhänge sind dicht zugezogen. Da wendet er sich nach der Torseite des Hauses und schaut plötzlich in die großen und traurigen Augen eines Pferdes.

Es ist derselbe Schimmel, den er schon morgens vor dem Tore warten sah. Sein Herr säuft in der Schenke, er hat ihn vergessen. Wahrscheinlich stand der Schimmel da schon den ganzen Tag, hungrig, von Wind und Schnee gepeinigt. Gelbes Licht fällt aus dem Fenster auf ihn, es gießt grausige Schatten in die Höhlen seines Leibes. Das abrinnende Wasser hat sein Fell mit schwarzen Linien gezeichnet, als ob Blut aus seinen Flanken flösse, und auf der Kruppe liegt schon Schnee, der nicht mehr schmilzt.

»Was für ein Teufel läßt dich da stehen?« sagt Martin, aber das Pferd regt sich nicht. »Ja, freilich«, flüstert Martin, »ich verstehe – er ist besoffen, dein Herr. Da hilft nichts, wenn er besoffen ist. Er schlägt dich tot, und wenn du tot bist, schüttet er dir Hafer vor!«

Martin tritt nahe hin und legt die Hand auf den Hals des Tieres, die Schellen klingen fröhlich auf. Der Gaul hebt ein wenig den Kopf und schüttelt sich müde. »Es ist arg«, sagt Martin, »wenn man einen solchen Herrn hat. Ich habe selber einen, verstehst du – eigentlich ist er auch dein Herr. Weißt du vielleicht, was er mit uns will? Einmal, heißt es, wenn ich sterbe, dann wird er sich an mich erinnern. Siehst du, Schnee und Wind und Kälte und Hunger, das wird alles nicht vergessen sein, wenn ich gestorben bin. Ja, aber wie ist es mit dir? Tut dir nichts weh? Und wo ist das aufgeschrieben, wenn dir etwas weh tut? In welchem Buche steht das, was du dulden mußt, und deine Sünden – hörst du? Ich bin freilich dumm, es ist wahr –«

Eine Welle von Geschrei aus dem Haus unterbricht ihn. Nach einer Weile versucht er von neuem, den Knäuel in seinem Kopf zu entwirren. »Du denkst dir vielleicht nichts dabei«, sagt er, »das Denken macht alles so verteufelt schwierig, glaub mir. Ich kann es nicht herausfinden, wie das mit mir ist, ich begreife es nicht mit meinem Kopf. Mit mir selber hat er es heute gut gemeint. Und jetzt stehst du da – – eine Decke hat er mir geschenkt, diese Decke, siehst du?«

Martin verstummt plötzlich, ein Gedanke überkommt ihn, der ihn bis ins Herz erschreckt, ein Verdacht. Er tritt ein wenig zurück und gewahrt den bloßen, angeschneiten Rücken des Tieres.

»Ist es so?« sagt Martin. »Sieh her, schau mich an, ist es wirklich deine?«

Er zieht die Decke hastig über den Kopf, mit der Hand streift er Schnee und Nässe von den Rippen des Pferdes – »verzeih mir«, sagt er. Und dann breitet er die kostbare, die warme Decke wieder sorgfältig über den Gaul und geht eilig weg.

Er hat Angst vor den Leuten in der Schenke, es wird gut sein, wenn er hier verschwindet. Müde ist Martin, krank vor Kummer, und warum friert ihn plötzlich so furchtbar?

Draußen über den Wiesen hat der Wind freie Gewalt. Die Wege sind zugeschneit, hohe Wächten wandern über die Zäune. Martin läuft und stolpert, und dann setzt er sich inmitten eines Feldes in den Schnee, es ist da nirgends mehr ein Weg für ihn. Und lange dauert es auch nicht, bis er einschläft, bis der Himmel eine neue Decke über ihn breitet.

Erst im Frühjahr findet man den Toten. Die Märzsonne hat ihn herausgetaut, aber er ist eigentlich schon vorher in den Acker geflossen, sozusagen. Nicht viel mehr als ein Haufen Lumpen ist übrig geblieben und die begräbt man in der Stille.

Ach, meine Lieben, das war eine alberne Geschichte! Aber laßt euch nicht stören …

Du bist nicht mehr allein, dachte ich damals, das war ein Irrtum. Ich bin doch allein geblieben mit allem, worauf es mir ankam. Allein zu sein ist der Fluch und zugleich die Gnade bei meinem Handwerk. Rilke hat das einmal in einem Brief geschrieben, weit besser als ich es sagen könnte:

»... denn im Grunde, und gerade in den tiefsten und wichtigsten Dingen sind wir namenlos allein, und damit einer dem andern raten oder gar helfen kann, muß viel geschehen, muß viel gelingen, eine ganze Konstellation von Dingen muß eintreffen, damit es einmal glückt. Ich habe mich oft gefragt, ob nicht gerade die Tage, die wir gezwungen sind, müßig zu sein, diejenigen sind, die wir in tiefster Tätigkeit verbringen? Ob nicht unser Handeln selbst, wenn es später kommt, nur der letzte Nachklang einer großen Bewegung ist, die in untätigen Tagen in uns geschieht? Jedenfalls ist es sehr wichtig, mit Vertrauen müßig zu sein, mit Hingabe, womöglich mit Freude.«

Ja, das ist sehr wahr und weise und aufrichtig. Diese beklemmende Empfindung kennt jeder, der sich in den Bereich der Kunst wagt: nur Werkzeug in eines Größeren Hand zu sein. Aber was *ich* vorhin sagte, daß ich mir nicht zutraute, etwas dergleichen auszusprechen, das war bloß Getue. Ich brächte es vielleicht nicht so entschlossen zustande, nicht so sinnfällig. Indes, man muß ein gleich erfahrener Schütze sein, ob man nun genau ins Ziel oder genau daneben treffen will. Dieses Genau-Daneben scheint überhaupt mein Auftrag zu sein und wahrscheinlich bin ich deshalb immer hinter Dingen und Zusammenhängen her, die sich so durchaus von selbst verstehen, daß sie den meisten Leuten neu sind. Dieses Geschäft ist gar nicht so bequem, wie es den Anschein hat, denn die einfachen Dinge zwingen mich zum einfachen Wort, während ich natürlich auch eitel bin und gern ein wenig Witz zeigen möchte, ich habe von der Mutter ein recht brauchbares Mundwerk geerbt. Aber das hilft mir nicht, denn was glänzt, hat kein eigenes Licht. Ein großer Mathematiker sagte einmal, Gott habe nur die ganzen Zahlen erschaffen. Ich getraue mich hinzuzufügen: auch nur die einfachen Begriffe, solche nämlich, denen Gestalt innewohnt. Es liegt eine bannende Gewalt in aller Kunst. Wir können diese magischen Kräfte wohl zuweilen wachrufen und mit ein wenig Glück auch wirken lassen, aber immer bleibt es gefährlich, sie zu handhaben. Das ist natürlich nicht so gemeint, daß man gewärtig sein müßte, wegen eines schlechten Verses vom Blitz erschlagen zu werden, sondern umgekehrt, daß ein guter Vers von unabsehbarer Wirkung ist. Wir treiben es eben doch nur wie Kinder, die Gottes Handschrift sauber nachmalen, ohne den Sinn zu verstehen. Seit jeher ist mir ein wenig unbehaglich zumut, wenn ich mit Worten umgehe, obwohl ich es schon im Kindesalter versuchte, weit sorgloser allerdings. Ich weiß noch, daß mich einst das Schicksal der Rothäute in Amerika tief erschütterte und zu dem Entschluß bewegte, ihnen ein episches Denkmal zu stiften. Es sollte ein Gedicht von ungeheuren Maßen werden, mit dem Zimmermannsblei des Vaters auf Packpapier geschrieben, und nicht etwa in zahmen Hexametern, sondern auf weit kraftvolleren Versfüßen. Nichts ist von diesem Werk erhalten geblieben, wahrscheinlich benutzte es die Mutter eines Tages als Schnittmuster für einen Miederrock. Ich habe nur noch die ersten Zeilen in Erinnerung:

Über die Hochflächen von Kanada
zogen die geschlagenen Indianer da-
hin.

Dahin, ja. Mittlerweile bin ich in die Jahre gekommen, sogar zu einem gewissen Ansehen, das die Jahre von selber mit sich bringen. Aber ich blieb im Dorf, und dieser Entschluß ist der einzige in meinem Leben, der mich noch nie gereut hat. Die alten Zeiten sind es freilich nicht mehr, viele von den besten Gefährten sind mir weggestorben, seltsame Käuze darunter, wie jener Schuster oder der Krämer in der Nachbarschaft, der zugleich Bürgermeister war und das Herz hatte, mich als seinen Schreiber in Dienst zu nehmen. Ihm verdanke ich manche Einsicht, zum Beispiel die, daß dem Ablauf der Dinge im großen wie im kleinen eine gewisse Trägheit innewohnt, etwas zielstrebig Fließendes, das alles weiterschwemmt und an den rechten Ort bringt, auch wenn wir uns einmal gar nicht darum kümmern. Nichts konnte den alten Herrn mehr erzürnen als meine gelegentlichen Versuche, einen Erlaß der Behörde rasch zu bearbeiten. Er hielt streng darauf, daß alle Aktenstücke zunächst der Reihe nach und unbesehen auf einen riesigen Stapel in der Gemeindestube gelegt wurden. Nur die untersten durfte ich nach einer angemessenen Zeit der Reifung und Gärung wieder herausziehen, und dann zeigte sich regelmäßig, daß sie sich tatsächlich von selber erledigt hatten. Auf solche Art bin ich leider zu einer unbotmäßigen Sorglosigkeit gegenüber den herrschenden Mächten, des Schicksals sowohl wie der Obrigkeit, erzogen worden.

Auflehnung war überhaupt der Antrieb meines Lebens in jungen Jahren, denn um Vernunft anzunehmen, müßte man ja schon vernünftig sein. Aber allmählich beruhigte sich mein stürmisches Herz dann doch, und woher kam diese Ruhe, die Fähigkeit, das Gegebene gelassen und dankbar hinzunehmen, wie ein Almosen aus Gottes Hand? Vielleicht daher, daß ich nach und nach in allem, was um mich her lebte, das brüderliche Leben erkannte und sein natürliches Maß. Was ich meine, ist ganz einfach. Man kann einen Birnbaum nicht mit der Peitsche antreiben, damit er vorzeitig Früchte trägt, oder den Weizen an den Wurzeln kitzeln, daß er schneller reift. Sollte der Mensch um so viel anders beschaffen sein? Ich glaube es nicht. Auch in ihm wirkt ein ordnendes Gesetz, ihm allein eigen und gemäß. Er kann vieles auf der Welt durcheinander bringen, zu seinem Vorteil, wie er meint, aber an jenes Gesetz darf er nicht rühren, oder es ist sein Verderben.

Als ich das begriffen hatte, fand ich gar keine Zeit mehr, betriebsam zu sein, ich hatte alle meine Tage genug damit zu tun, die Früchte zu ernten, die mir der Acker des Müßiggangs in Fülle reifen ließ. Freilich habe ich auf solche Weise keine Reichtümer sammeln können. Auf dem Markt der Welt bekommt man nichts geschenkt, ausgenommen das Unbezahlbare, und ich besitze eigentlich nur Dinge von dieser Sorte. Hätte ich einen Erben, so fände er nach meinem Tode in Kisten und Kasten nicht viel mehr als einen unabsehbaren Kram von unnützem Zeug, dessen Dasein man nur ertragen kann, wenn man es eben liebt. Manchmal labe ich mich an der böswilligen Vorstellung, daß mich die Nachwelt gar nicht sehr schnell vergessen kann, weil sie eine ganze Weile damit zu tun haben wird, meinen Nachlaß wieder dorthin zu verstreuen, woher ich ihn genommen habe, in die Trödelläden und auf die Schuttplätze der ganzen Welt. Vieles davon habe ich ja auch selber gemacht, aber es gehört dennoch nirgendwo anders hin und auch darin liegt ein Trost für den Abschied: daß im Grunde nur das Unnütze wirklich von Dauer ist.

Das Haus, in dem ich nun schon so lange lebe, dieses liebe Gemäuer steht auf einem Hügel. Es heißt das Kainhaus, ich hoffe zu Gott, daß es nicht die Heimstatt des Brudermörders war, alt genug könnte es sein, voller Gebrechen, von einer unverwüstlichen Hinfälligkeit. Eigentlich habe ich Hammer und Nägel nie aus der Hand legen können, seit es mich beherbergt. In den beiden Stuben zu ebener Erde hause ich wohl umsorgt, in der zur Linken gewöhnlich, die alle meine Blößen kennt, jeden Seufzer der Verzweiflung und mein verrücktes Gebrumm, wenn ich einmal meine, daß mir etwas gelungen sei. Da hängt die Uhr, die so langsam tickt mit ihrem schweren Pendel wie ein altes, müdes Herz, da liegt der morsche Teppich, in den ich nach und nach einen Kreis getreten habe auf der endlosen Wanderschaft um den Tisch herum und hinter meinen Gedanken her, die so schwer zu fangen waren und doch die Mühe so selten lohnten. Da steht auch der Schreibtisch und daneben an der Wand die Polsterbank, auf der man nicht sitzen kann, es ist die Bank für meine Besucher. Wenn ich das alles jetzt betrachte, fällt mir ein kleines Liedchen aus alter Zeit ein, der Meister Mozart hat es mit sichtlichem Vergnügen singbar gemacht:

Wie sehr lach ich die Großen aus,
die Blutvergießer, Helden, Prinzen,

denn mich beglückt ein kleines Haus,
sie nicht einmal Provinzen!

Wie wüten sie nicht wider sich,
die göttergleichen Herrn der Erden!
Doch: brauchen sie mehr Raum als ich,
wenn sie begraben werden?

Um das Haus herum liegt das bebaute Land, nicht viel eigenes, nur ein kleiner Blumengarten, aber unabsehbar die Wiesen und Äcker, sauber mit gesteckten Zäunen aneinander genäht und mit den hellen Bandschleifen der Wege geschmückt. Da ist nirgends ein Busch oder ein Baum, den ich nicht kenne, und ich wüßte für jeden Tag des Jahres zu sagen, hinter welchem Wipfel auf dem Kamm des Berges die Sonne untergehen wird. Ach, welch unanfechtbares, nie versagendes Glück, am Abend noch einmal vor die Tür zu treten und am Größeren Maß zu nehmen für die kleine Welt der Träume, für den Schlaf. Die Natur verharrt zu dieser Stunde gleichsam in sich gekehrt, einem Urereignis hingegeben, das sie allein bewältigen muß, niemand kann daran rühren, das wird nicht getan, das geschieht. Der Tag wölbte sich blau mit freundlicher Duldsamkeit über alles Menschenwerk, aber nun reißt die Nacht den Himmel auf für das zeitlose Wirken der Gestirne in ihrer Einsamkeit.

Wer vermöchte das zu schildern, es wäre ein Wagnis, das ganze Meisterschaft verlangt.

Was mein eigenes Obdach betrifft, so kann da von Einsamkeit längst nicht mehr die Rede sein. Langeweile heißt die Kupplerin, die mir unermüdlich Besucher zuführt, gewöhnlich Leute, manchmal auch einen Menschen. Leute sind solche, die ohne Warnung und so plötzlich ins Haus brechen, daß ich mich nur noch mit äußerster Not in Sicherheit bringen kann. Ich mußte schon unter den Tisch kriechen, während ich eine gute Seele an der Gartentür für mich lügen hörte, ich sei nach Rom geflogen, wie die Glocken zu Ostern, die ja auch heimlich hinter ihrem Gestühl sitzen bleiben. Solche Täuschungen gelingen natürlich nicht immer, weil mich meine Neugier häufig selber an die Tür treibt, und dann ist es zu spät, dann muß ich ein flinkes Gefecht mit dem eingedrungenen Feind bestehen, Frage und Antwort hin und her. Es sind glücklicherweise immer dieselben Fragen und auch die gleichen Antworten, vom Gebrauch längst glatt geschliffen, ich brauche sie nur der Reihe nach von dem Fließblatt auf meinem Schreibtisch abzulesen, links für Damen, für gebildete und für bloß hübsche, rechts für Herren, aber nur für ungebildete, die anderen verstehen keinen Spaß und wollen sich ohnehin nur selber hören. Sicher wie der Tod kommt zunächst die Frage, woran ich eben arbeite, ein Dilemma, denn wenn ich meine Zeit dafür verwendete, zu erklären, womit ich beschäftigt bin, dann könnte ich ja das nicht tun, wonach ich gefragt werde, nämlich arbeiten. Aber offenbar ist jeder Besucher überzeugt, er sei der Erste und Einzige, dem es je einfallen konnte, so tief in mein Innerstes einzudringen, und darum hält er es für reine Bosheit, wenn ich antworte, ich schriebe zur Zeit überhaupt nicht, sondern ich malte, und zwar so lange, bis ich einsähe, daß ich doch besser täte, wieder zu schreiben.

Nein, das ist natürlich Unfug, im Grunde rührt es mich doch immer, wenn es jemand über sich bringt, bei mir anzuklopfen, ich sollte das nicht leugnen. Mitunter male ich mir aus, wie ich es wohl selber anstellen würde, wenn ich bei mir Besuch machen wollte. Ich hätte alles von mir gelesen und das meiste wieder vergessen, aber der Rest könnte eben noch hinreichen, mich aus dem Zug und in den Postwagen klettern zu lassen. Unterwegs käme ich mit meinem Nachbarn ins Gespräch, mit einem Bauern wahrscheinlich – ja ja, würde er mir erklären, der Mann sei ihm bekannt. Kein unebener Mensch soweit, aber vielleicht nicht ganz richtig im Kopf, bei einer vernünftigen Arbeit hätte man ihn jedenfalls noch nie gesehen.

Daraufhin schwiege ich für den Rest des Weges. Im Wirtshaus zur Post kehrte ich nachdenklich ein und ließe mir von der schönen Tochter ein Glas Bier bringen. Vielleicht mußt du bei den Mädchen umfragen, dächte ich, das wird ergiebiger sein! –

Wie ist es also, liebes Kind, ihr habt doch einen Dichter hier im Dorf?

Ja, zwei sogar. Aber der eine wäre sicherer anzutreffen, weil er schon auf dem Friedhof liegt.

Und der andere?

Ach der! Den sieht man auch immer seltener, und was weiter? Jedesmal ist er ein bißchen älter geworden, weiter nichts.

Nun, genug der Auskünfte, ich ließe mein Bier stehen und dankte gemessen und machte mich auf den Weg, den Hügel hinauf. Vor dem Gartenzaun verhielte ich ein Weilchen, um wieder zu Atem zu kommen. Drinnen im Haus schlüge ein Hund an. Der Stimme nach müßte er von der Größe eines Bernhardiners sein, es ist aber überhaupt kein Hund, soviel man weiß, sondern ein Dämon, der sich Pudel nennt. Jemand riefe etwas dazwischen, ein ungewöhnlich saftiges Wort, aber was hinter der Tür gesagt wird, muß der Besucher außerhalb ja nicht unbedingt auf sich beziehen. Die Tür würde auch gleich aufgetan und dann stünden wir einander gegenüber und musterten uns einen Augenblick. Sonderbar, dächte ich wohl, den habe ich mir ganz anders vorgestellt! Sieht etwa jeder im Spiegel bedeutender aus?

Ich würde ein paar Worte zusammensuchen – Verzeihung, eigentlich käme ich nur, um zu versichern, daß ich nicht stören wolle, aber um das zu sagen, sei ich eben genötigt, trotzdem zu stören, und inzwischen wäre ich auch schon auf den Flur geraten und würde mit einer stummen Geste weitergewiesen. Den Platz auf der tückischen Polsterbank lehnte ich bescheiden ab, nein, danke, ich wollte mich lieber ein wenig umsehen, wenn es erlaubt sei. Natürlich wäre es erlaubt, weil man ja gewisse Fragen unserer Höflichkeit nur mit einem Lächeln oder einem Mord beantworten kann. Kühl und dämmerig die Stube, es röche nach Tabak, nach Wein, nach altem Holz. Eigenartig, hätte ich zu bemerken, wie verträglich Dinge untereinander seien, diese Schwerter da an der Wand und der verstaubte Lorbeerzweig daneben! Gar nicht so erdverbunden das Ganze, eher bürgerlich –

Gewiß, würde der Meister vom Schreibtisch her antworten. Immer hinter dem Neuen her zu sein, hielte er für ein Zeichen von schlechter geistiger Verdauung.

Darauf könnte ich fragen, ob sich mein Gegenüber vielleicht in der Zeile versehen habe, das hieher Passende stünde rechts weiter unten, aber das wäre doch ein wenig zu deutlich. Besser, ich versuchte dem Dichter etwas Schmeichelhaftes über sein Werk zu sagen – wie verdienstvoll, daß es noch Dichter gebe, die sich nicht scheuten, eine gesunde und schmackhafte Kost für das Volk zu kochen, wahrhaftig keine geringe Kunst!

Kunst? Das wäre nun endlich ein Stichwort für den Meister, da müßte er weiter ausholen. Ach

Gott, Meisterschaft, wer dürfte sich dessen rühmen, deren, besser gesagt. Was sei überhaupt heutzutage Kunst? Doch nur das, was irgendwer für Kunst ausgebe, nicht etwas Geschaffenes also, sondern ein Geschäft. Er für sein Teil habe es immer mit dem bloßen Handwerk gehalten, ihm genüge zu wissen, was Pfuscherei sei, die Unfähigkeit nämlich, mit den hergebrachten Mitteln etwas Neues zu sagen. Alles übrige käme doch nur aus dem Drang, sich zur Geltung zu bringen, aus der Eitelkeit.

Wenn ich Sie recht verstehe, könnte ich hier einwerfen – Sie meinen, Eigenliebe sei verderblich wie alle Affenliebe?

Nicht übel, würde das Gegenüber zugestehen, und ich verbeugte mich geschmeichelt.

Das, hätte ich dann noch zu sagen, das schenke ich Ihnen zum Abschied. Vergessen Sie nicht, es aufzuschreiben!

Soviel ich auch zum Lob des Müßiggangs zu sagen wüßte, es ist im Grunde doch, wie Goethe meint: Eines recht wissen und ausüben, gibt mehr echte Bildung als Halbheit im Hundertfältigen. Manchmal erschreckt mich die späte Einsicht, daß ich zeitlebens alles Erdenkliche versucht, aber nie etwas wirklich gelernt habe. Nur zwei Ausnahmen dürfte ich zur Not für mich gelten lassen: ich verstehe mich leidlich auf die Kunst, Bücher zu binden, und ich weiß gut Bescheid in der Welt der Pflanzen. Ihnen habe ich alle Liebe zugewendet, deren ich noch fähig bin, und das geht so weit, daß ich auch mit einem Menschen nicht mehr viel anzufangen weiß, wenn er gar nichts von Blumen versteht. Zugegeben, es mag ein trügerisches Verfahren sein, den Nächsten nach seinen Neigungen einzuschätzen, aber daß jemand, der Blumen liebt, in seinem innersten Wesen arglos und gutherzig ist, diese Erfahrung bewährt sich mir noch immer. Was ich meine, hat ja nichts mit der Schwärmerei gefühliger Seelen zu tun, die keine blühende Wiese sehen können, ohne sogleich mit Geblöke darin auf die Weide zu gehen. Es ist eher eine Empfindung von reuevoller Zuneigung für die friedfertigsten und unschuldigsten aller Geschöpfe der Erde. Pflanzen sind Kinder der reinen Elemente, des Lichtes, der Luft und des Wassers aus dem Himmel. Sie atmen nur und trinken, sie fressen nicht, von ein paar Ausnahmen abgesehen, die aus der

Art schlugen und sich spaßeshalber auf den Fliegenfang verlegten. Alle übrigen sind keines anderen Wesens Feind, und selbst wenn sie sich mit Gift und Dorn zur Wehr setzen müssen, tun sie es behutsam. Nur Gier und grobe Gewalt kommen zu Schaden. Ist es nicht rührend, ein unbegreiflicher Vorgang, der sich mit nüchterner Überlegung kaum erklären läßt, wenn viele Pflanzen kostbare Säfte in sich bereiten und damit ihre Todfeinde vor dem Tode schützen? Es verhält sich ja nicht so, wie ein einfältiger Kopf vermuten könnte, daß der Chinabaum etwa zuweilen selber an Malaria litte oder die Kamille am Bauchgrimmen.

Pflanzen sind Meister des Müßiggangs, sind Helden der Geduld, sie bewältigen ihr gnadenloses Schicksal einfach dadurch, daß sie da sind, nicht mit Bewußtsein freilich, wie der Mensch, aber das ist ja auch nicht das Beste an der Sache. Wohin der Vogel Zufall den Samen trägt, dort muß er keimen und Wurzel schlagen oder verderben. Er muß der Dürre standhalten, den Wettergüssen, dem Frost, stumm und reglos. Aber die Sonne kommt ja auch, sie läßt die Blüten aufbrechen und die Früchte reifen zur gottgewollten Zeit. Man weiß von Bäumen, die zu wachsen begannen, als anderswo die Pyramiden gebaut wurden. Nun stehen sie da, beide als ebenbürtige Wunder bis auf den lächerlichen Umstand, daß die Pyramide nur Steine um sich säen konnte, während so ein Baum in fünftausend

Jahren einen ganzen Wald hervorgebracht hat, wieder für fünftausend Jahre. Andere Pflanzen sind winzig klein und sie eroberten dennoch den ganzen Erdkreis nach und nach, nicht mit Feuer und Schwert, sondern in geduldiger Stille und zum Zeugnis gegen jene, die den Kampf mit Feuer und Schwert für den Vater aller Dinge halten. Ich, wenn ich ein Sinnbild echten Heldentums zu suchen hätte, ich würde die Vogelmiere statt des Kaisers Napoleon wählen. Überhaupt habe ich eine Vorliebe für Unkräuter, aus innerer Verwandtschaft sagen die Freunde, ich weiß es nicht. Nur im Garten sehe ich sie weniger gern, ich wage es ja selber auch nicht, mich in gesitteter Häuslichkeit mit meiner wahren Natur breit zu machen. Man findet keine auffälligen Schönheiten unter den Unkräutern, ihre Stärke liegt anderswo, wie jeder weiß, der einmal versucht hat, eine Quecke umzubringen. Etliche sind allerdings auch mit ihrer äußeren Erscheinung weit vorangekommen, Stiefmütterchen zum Beispiel, oder Gänseblümchen. Weil der Mensch, der Parvenü, auch sie, wie alle seine Lebensgenossen zu Narren machte, nahmen sie allmählich das Gehaben von Orchideen und Chrysanthemen an, und nun säumen sie Parkrabatten und ähnliche Scheußlichkeiten ein.

Es gibt noch eine andere Art von Helden in der grünen Gilde, die Blumen des Gebirges. Auch sie leben schwer, aber die Schwierigkeit ihres Daseins

hat sie geadelt. Deshalb bieten sie sich auch nicht selber an, man begegnet ihnen nur, und dafür muß man etwas wagen, man muß jung sein oder verliebt. Übrigens sind es auch unter den Blumen nicht die Berühmtesten, die wirklich Ruhm verdienen. Im Bubenalter war ich einmal vergeblich hinter meinem ersten Edelweiß her, ich lag zerschunden und verdrossen auf einem grünen Fleck in den Felsen, und zu meinen Füßen rupften ein paar Schafe an ihrem Futter. Erst nach geraumer Zeit kam ich dahinter, daß sie lauter Edelweiß fraßen, und nicht einmal gern! Ein anderes Mal hatte ich mir zuviel vorgenommen, unversehens klebte ich hilflos an einer verdammten Platte und da sah ich, dieses einzige Mal in meinem Leben, die kostbare schwarze Edelraute vor meinen Augen, nahe genug, um hineinzubeißen. Damals hätte ich freilich weit lieber einen guten Griff als dieses botanische Wunder entdeckt.

Das ist alles vorbei, jedenfalls die Jugend. Jetzt bin ich zufrieden, wenn der Atem noch reicht, auf einen Grasberg zu wandern oder über die Almböden zu stolpern. Was da wächst, ist mir wohlvertraut. Meine Mutter wußte gut Bescheid, auch mein Onkel, der ein Bergführer war, und etliches habe ich später selber dazugewonnen. Aber noch immer ist es ein erregendes Glück, plötzlich vor der kraftvollen Gestalt des Pannonischen Enzians zu stehen, oder dem Duft des Kohlröschens nachzuspüren. Manchmal findet sich auch ein Kräutchen, das ich nie gesehen habe und nicht zu nennen weiß. Dann werfe ich stundenlang den ganzen unnützen Kram in meinem Hirn durcheinander, es läßt mir keine Ruhe. Wenn es nun ein völlig unbekanntes Kräutchen wäre? Großartig, die Gelehrten hätten ihre Not damit, einen neuen Namen zu erfinden, und meinen eigenen müßten sie ins Lateinische übersetzen, noch dazu im Genitiv.

Ach, köstlich, solch ein Tag aus lauter Licht und Glanz! Hitze stürzt aus dem Himmel, Schwaden vom Duft des Thymians und der Schafgarbe ziehen von der Halde herauf und über der Feuerglut des Gesteins flimmert die Luft. Bienen sind da, Wespen, bunte Fliegen, ein blauer Falter setzt sich auf das kahle Stämmchen der Preiselbeere und das kleidet sie gut, diese seltsame Blüte, sie ist ja sonst nicht mit dergleichen gesegnet. Nebenbei steht eine Glockenblume in ihrem blaßblauen Kleidchen, ein verschämtes zwar, aber doch ein Frauenzimmer, ein wenig läßt sie ihre rote Zunge sehen. Aber es ist kein zartfühlender Schmetterling, den sie damit anlockt, sondern eine zottige Hummel stürmt aus heiterem Himmel heran mit wilden Schwüngen und wirft das arme Ding hintenüber mit ihrem Ungestüm. Eine eindeutige Sache, peinlich anzusehen.

Wäre ich jetzt ein Mensch, so stünde ich wohl wieder da und schüttelte den Kopf und hätte die dümmste aller Fragen auf den Lippen, die Frage:

Wozu? – Wozu diese Geschäftigkeit, dieses emsige Leben hier in der Wildnis, und weit und breit kein vernünftiges Wesen, das irgendeinen Nutzen davon hätte!

Aber ich liege nur faul auf dem Rücken und bin Stein vom Steine. Ich blinzle behaglich durch schmale Augenschlitze, ein Büschel Gras wächst aus meinem Ohr, ich vergeude glückselig meine Zeit, und die Zeit vergeudet mich ...

Wanderung und Heimkehr

Die Dichtkunst ist ihrer Herkunft nach eine Kunst des »Singens und Sagens«, und deshalb muß das erzählende Wort daraufhin erprobt werden, ob es auch klingt.

K. H. Waggerl

Das, was ich hier aufzuschreiben versuche, sollte der Niederschlag eines Gespräches sein, einer recht unbeschwerten und vergnüglichen Unterhaltung. Ich war damals bei einem Sender zu Gast, ein Freund hatte mich eingeladen. Dieser zuversichtliche Mann sagte mir, ein Gelehrter habe ausgerechnet, daß sämtliche Sonette des Michelangelo zustande kommen müßten, wenn beliebig viele Schimpansen unendliche Zeit hindurch auf Schreibmaschinen trommelten. Also werde doch wohl auch von uns beiden etwas Brauchbares zu erwarten sein, wenn wir nur lang genug miteinander sprächen. Ich wendete vergeblich ein, meine süddeutsche Zunge sei doch wohl zu schwerfällig für einen solchen Versuch. Sogar die Warnung wurde überhört, daß ich, wenn ich nichts in Händen hätte, nicht einmal ein Blatt Papier, auch keines vor den Mund nehmen könne.

Mir war recht unbehaglich zumut, obwohl ich mich ja vorher schon oft in Funkhäusern herumgetrieben hatte. Anfangs machte ich den Leuten viel Kummer. Sie erklärten mir, ich spräche nicht wie ein geschulter Sprecher, sondern so vulgär wie ein Hörer, und vor allem sei meine Stimme viel zu tief. Ich sollte schneller reden oder etwas mit meinem Kehlkopf unternehmen, wenn schon alle Kniffe der Technik nicht ausreichten, meinen Baß ein bißchen zu heben. Jetzt ist dieser Baß kein Fehler mehr. Aber genau weiß ich noch immer nicht, warum ich plötzlich sprechen und brummen durfte, wie ich wollte, je tiefer je lieber.

Schon das Funkhaus machte mich scheu, es war neu erbaut worden. Außen herum fand ich nichts Verdächtiges, gewöhnlicher Kies, auf die Wege gestreut, ein wenig grüner Rasen, etliche verschüchterte Sträucher darin, und Blumen in ihren ordinären, selbstgemachten Farben. Aber hinter dem Portal geriet ich unversehens in eine kaum hörbar summende, gleichsam knisternde Stille, es war offenbar das Ungewöhnliche, was da so knisterte. Kein Ding sah so aus, wie man es vom gemeinen Leben her erwartete, in diesem Irrgarten voller Pfiffigkeit. Da belehrte einen jeder Stuhl, daß man nicht unbedingt vier Beine brauchte, wenn man einmal genötigt wurde, auf die beiden eigenen zu verzichten. Was man für eine nicht ganz wohlgeratene Türfüllung hielt, verwandelte sich in ein unnachgiebiges Wandbild aus Marmor, aber wenn man in den Nebenraum flüchten wollte, rannte der verstörte Kopf gegen eine durchsichtige Glastür. Auch meine Zigarette wurde ich nur wieder los, weil jemand vor mir so keck gewesen war, seine in einem Gefäß auszulöschen, das ich für eine Blumenschale gehalten hätte.

Warum eigentlich müssen heutzutage sogar

Stätten der Kunst aussehen wie Warenhäuser nach dem Konkurs? Ich werde den Verdacht nicht los, daß sich immer jene am meisten für neue Ideen begeistern, die auch mit den alten nichts anzufangen wußten.

Zugegeben, mein Urteil ist längst nicht mehr unbefangen. Das ausweglose Gerede über die neue Kunst ärgert mich zu sehr. Wann war denn die Kunst jemals neu, oder wann war sie es nicht? In jüngeren Jahren hielt ich sie für eine hohe Dame, ich wollte nicht zudringlich sein und geduldig warten, bis ich angesprochen würde. Als nichts dergleichen geschah, geriet ich natürlich auf die Vermutung, es müsse an mir liegen. Wohlmeinende Freunde bemühten sich in nächtelangen Gesprächen, meinen Nöten abzuhelfen, und ich war ein williger Zuhörer. Es sei die Zeit, vernahm ich, die sich in solchen Formen ausdrücken müsse, die Epoche. Mit ihr könne man nichts Gewesenes vergleichen, also habe auch die Kunst, die sie hervorbringe, unvergleichbar neu zu sein. Der heiße Atem der Technik verschmölze Raum und Zeit zu einer Nichtigkeit. Die Physiker hätten die greifbare Welt zertrümmert und die Trümmer mit etlichen mathematischen Zeichen notiert. Wir sprächen kaum noch unmittelbar ins Ohr des Nächsten, sondern über ungezählte Meilen in ungezählte Ohren, und selbst was den Tod beträfe, so stürben die Leute jetzt gewissermaßen aus Nachlässigkeit, nicht mehr wie Gott will. Kriege seien beispielsweise keineswegs noch auf die hergebrachte Tatsache zurückzuführen, daß immer die Dümmsten eines Volkes die Gewalt in Händen hätten. Der Krieg habe sich selbständig gemacht, zu einem unbeirrbaren Vorgang, mit Halbwertzeit vielleicht, jedenfalls könne er im Augenblick sich selber samt den Beteiligten vernichten. Kurzum, die Sorgen unserer Tage seien eben nicht mehr die des jungen Werther.

Gut, die Zeit. Ich glaube, sie zu kennen, sie ist ja auch meine eigene seit sechzig Jahren. Die Hälfte davon habe ich mit der Einbildung vergeudet, selber als Künstler etwas Anständiges leisten zu können. Ich wurde in eine ruhige Welt geboren. Reichtum bestimmte den Lebensweg des Bürgers gleich sicher und unwandelbar wie Armut, und sie war mein Teil. Nichts bedrohte den gerechten Frieden, nur Vögel flogen in der Himmelshöhe, und die vornehmen Leute reisten noch immer nicht schneller als Alexander der Große seinerzeit, mit vier Gäulen vor dem Wagen.

Das änderte sich freilich rascher als ich wachsen konnte. Es kam der Tag, an dem wahrhaftig ein Flugzeug im Tal landete, ein gewaltiger Vogel, der aber nicht sang, sondern stank. Alle sahen ihn ehrfürchtig, auch die Mutter, nur glaubte sie dennoch nichts. Lauter Schwindel, sagte sie. Einmal habe sie einen Mann gesehen, der seine Tochter öffentlich zersägte, und nachher sei sie doch wieder mit ihm im Postwagen abgereist.

Ich selber war weniger argwöhnisch. Atemlos rannte ich hinter der galoppierenden Zeit her und las fleißig auf, was sie in der Eile fallen ließ.

Das tue ich heute noch, wenn auch um vieles gemächlicher. Denn die Zeit eilt nicht für den, der keine Sorge hat, daß sie ihm entlaufen könnte, das habe ich erfahren. Dann und wann überschlage ich, was mir mein bedächtiger Eifer eingebracht hat, es ist immer noch weit mehr, als ich brauchen kann. So bin ich genötigt, in meinem eigenen Hirn wie in einer Rumpelkammer zu hausen, zwischen einer Unmenge von Dingen, die zwar überflüssig, aber unentbehrlich sind. Unleugbar, daß der Mensch sich anschickt, ein Schrecken für das gesamte Weltall zu werden, obwohl er ursprünglich ja gar nicht darin vorgesehen war. Gottvater wäre selber wahrscheinlich längst vor Elektronenmikroskopen und Riesenfernrohren geflüchtet, wenn er nur wüßte, wohin.

Nicht, daß ich darum die vergangene Zeit für die bessere hielte, die Leistungen der Wissenschaft in allen ihren Spielarten verachtete. Ich weiß noch recht gut, wie hilflos meine Familie der Willkür ihrer Brotherren ausgeliefert war, wie ich als Kind in der düsteren Stube beim Schein des Kienspans meine Wassersuppe löffelte und wie mich der Arzt mit einem Achselzucken seinem übermächtigen Gegner überließ. Aber anderseits, wenn ich nun verzagt am Schreibtisch sitze, um etwas zu finden, was meinem Nächsten Schlaf und Ruhe gibt, was sein Herz bewegen kann, was ihn für eine Weile sicher und gläubig macht, dann hilft das alles nichts, Wissenschaft und Medizin und Technik. Dann muß ich doch den ganzen Kram beiseite räumen und nach dem Bleibenden und Zeitlosen suchen, sagt, was ihr wollt. Andere Freunde, die jungen besonders, halten mir vor, es ginge in der Kunst um die Wahrheit, die nackte, die schonungslos entblößte. Allein, auch das überzeugt mich nicht. Wie ich die Wahrheit kenne, gebärdet sie sich wie eine schämige Jungfer. Wenn sie nackt ist, geht sie in die Binsen.

Es gab einen Mann, der fragte, ehe er sich ahnungslos in der Waagschale des Weltgerichts die Hände wusch – fragte also seinen Richter: »Was ist Wahrheit?« Aber der Richter schwieg. Dürfen wir nun, nach fast zweitausend Jahren, behaupten, wir seien der Wahrheit näher gekommen? Ich glaube, es sind nur unsere Irrtümer komplizierter geworden. Die Grundfrage, jene, was Wahrheit sei, ist ungelöst geblieben. Wollte ich geringer Geist es wagen, nach einer Antwort auszuschauen, so käme ich zu dem Schluß, die Wahrheit sei die Wirklichkeit, vom Menschen gesehen, soweit er ein geistiges Wesen ist, und wenn der letzte Mensch verginge, stürbe auch sie.

Das ist so viel wie nichts, ich weiß es wohl, eine vieldeutige Formulierung. Ich müßte das Verworrene noch dunkler fassen, damit die klugen Köpfe die Stirn kraus zögen statt der Lippen. Mir wäre das Dunkle ja auch weitaus bequemer, denn nichts ist leichter, als sich schwierig auszudrücken. Aber ich schere mich den Teufel um die klugen Köpfe. Alle meine Tage war ich hinter Leuten her, denen ich zutraute, daß sie mehr wüßten als ich, Theologen und Gelehrten, Philosophen und Künstlern. Die Theologen, schien mir, machten sich die Sache zu leicht. Wenn man den lieben Gott in die Rechnung setzt, dann ist auch eine falsche immer richtig. Die Gelehrten wiederum (und ich will gutwillig die Philosophen dazuzählen) reden eine Sprache, die ein gewöhnlicher Mensch nur mit dem Hut in der Hand hören darf. Wenn ich die Frage vernehme, was die Seiendheit des Seienden sei und ob sie im Wesenden existent bleibe, so kann ich als meiner Mutter Sohn zu diesem Problem nur die landläufige Beobachtung beisteuern, daß dem Teufel offenbar schon lange davor graut, einen Menschen zu holen.

Eine Zeitlang hatten die Wissenschaftler Grund zu glauben, es drückten wenigstens ihre Gleichungen absolute Werte aus. Unbestreitbar, es glückte ihnen, die gottgewollte Schöpfung mit etlichen eigenen Erzeugnissen zu bereichern, mit neuen Elementen zum Beispiel oder mit Kunststoffen, die in der Natur aus guten Gründen nicht vorkommen. Das führte zu bemerkenswerten Folgen, nicht so sehr, weil wir nun die Macht besitzen, uns selber zu vernichten (die Vernunft wird nicht durch die Tatsache negiert, daß sie einigen Narren fehlt), sondern weil die Menschheit ihre Rettung schließlich dem Umstand verdanken wird, daß das, was ihre Führer für entscheidend halten, doch nicht entscheidend ist. Mich erschreckt eine andere Möglichkeit: wie, wenn es der Wissenschaft gelänge, etwas völlig Unzerstörbares zu erzeugen, einen Plastikhosenknopf, der die Pyramide von Sakkara überdauerte? Sollte dergleichen Zeug etwa das sein, was allein unvergänglich an unserem Zeitalter ist, der Unrat nämlich, den es hinterläßt?

Was also ist Wahrheit? Ist sie eine Formel, ein magisches Zeichen, hinter einem letzten Schleier verborgen? Namhafte Forscher sollen diesen Schleier schon ein wenig gelüftet haben, aber dem Vernehmen nach ließen sie ihn gleich wieder fallen. Denn sie entdeckten dahinter etwas recht Gewöhnliches, einen Spiegel sozusagen, und darin das Bild ihrer selbst.

So bliebe noch die Kunst als Deuterin der letzten Geheimnisse. Sie macht tatsächlich das Wirkliche wahr, aber in Gleichnissen, nicht in Gleichungen. Vielleicht beruht es auf angeborener Scheu vor einer Wissenschaft, in deren Bereich ich mein Lebtag nichts begriffen, aber auch nichts entbehrt habe, wenn ich mir den Schöpfer eher als Künstler, denn als Mathematiker vorstellen kann – am besten freilich als Musiker. Musik ist Kunst nur vom Können her, im Eigentlichen ist sie weit mehr, sie ist Offenbarung, deshalb schließe ich sie hier völlig aus.

Kunst, sagte ich vorhin, mache das Wirkliche wahr. Damit gäbe ich meinen jungen Freunden recht, die ja eben behaupten, sie müsse der Wahrhaftigkeit dienen, ohne Vorbehalt, auch dann, wenn das, was dabei zustande käme, nicht mehr Kunst im herkömmlichen Sinne wäre. Aber nun habe ich dennoch Vorbehalte anzumelden, wiederum nur ein paar handgreifliche Überlegungen. Alle Kunst ist doch dem Spiel verwandt, weniger im Wesen vielleicht als in der Handhabung. Jedes Spiel läßt unendlich viele Varianten der Übung zu, aber keines ist denkbar ohne feste Regeln. Es würde doch niemand einen Spieler ernst nehmen, der, um zu gewinnen, den bequemen Weg wählte, die Regeln zu verachten. Allerdings muß ich eingestehen, daß ich in Verlegenheit käme, wenn ich bis ins einzelne erklären wollte, welche Art Spiel der Künstler betreibt, welchen erlernbaren Regeln ein Meister zu folgen hat. Eher wüßte ich zu sagen, wer ein Pfuscher ist: einer, der mit den hergebrachten Mitteln keine neue Lösung zu finden weiß.

Es ist nicht so, daß ich hartnäckig und unbelehrbar meine eigene Meinung verfechten möchte. Recht hat man nicht immer mit Recht. Aber ich kann eine neue Kunstrichtung nicht als Notwendigkeit anerkennen, solange die Methoden, mit deren Hilfe sie sich durchzusetzen versucht, einer Nötigung gleichkommen. Was mich außerdem so störrisch macht, sind Vorgänge, die weit zurückliegen. Als ich in der Jugend anfing, mich ernsthaft mit dem literarischen Handwerk zu befassen, war eben ein Feldzug gegen eine Neuerung im Gange, die man nicht sehr glücklich mit dem Ausdruck »Jugendstil« umschrieb. In meinem Lande stritt ein auch sonst verdienter Mann in der ersten Reihe, in Deutschland waren es wohl die Bauhausleute, es ist nicht weiter wichtig. Wir jungen Dachse fochten jedenfalls leidenschaftlich mit, es ging, so wie wir es verstanden, gegen das Ornament, gegen alle leere Form, gegen das bloß Schmückende in der Kunst. Vielleicht kitzelt mich der Pulvergeruch aus jenen Gefechten noch in der Nase, wenn ich wahrzunehmen glaube, daß sich der alte Feind in einer neuen Uniform wieder eingeschlichen hat, als gegenstandslose Kunst.

Unlängst sah ich in einer Ausstellung eine Leinwand, darauf war eine Spirale abgebildet, eckig, schwarz, mit brandigen Rändern, meisterhaft gemalt. Mit mir standen achtbare Leute vor dem Bild, sie nahmen ihre Brillen ab und setzten sie wieder auf, und es floß ihnen allerlei Aalglattes über die Lippen, Epochales und Phänomenales. Der Meister selber gesellte sich dazu und erklärte, es handle sich um eine Vision, einen Blick sozusagen in den Fünfmeterspiegel auf dem Mount Palomar, aber ins Transzendente übersetzt. Als ich einzuwenden wagte, ich hätte nicht an etwas Außergalaktisches gedacht, eher an die Mäander, mit denen schon prähistorische Säufer ihre Weinkrüge zu verzieren pflegten, da wichen alle vor mir zurück wie vor einem Aussätzigen.

Derlei Bemerkungen haben keinen besonderen Tiefgang, das ist richtig. Zu untersuchen wäre immerhin, ob das Übel in der Sache liegt oder im Beobachter. Ich schließe die Möglichkeit keineswegs aus, daß mir überhaupt jedes Gefühl für das Gültige in der Kunst fehlt. Man kann einen Beruf ja auch verfehlen, indem man ihn ausübt. Nur wüßte ich nicht zu erklären, wieso schon immer mein ganzes Wesen der Kunst zugeneigt war, von Kind auf, ohne Lehre und Belehrung – es hätte denn nie Kunst gegeben, außer in der Gegenwart. Ist es etwa das Ungewöhnliche, das Revolutionäre, was mir nicht eingehen will? Aber ich war doch ständig auf der Seite der Rebellen, wo immer es Rebellen gab, schon aus reiner Lust am Unfug. Ich bin sträflich leicht zu begeistern, was freilich nicht ausschließt, daß mir nur selten etwas imponiert. Wenn einer die gewohnte Gangart verachtet und sich mit Purzelbäumen fortbewegt, so halte ich ihn nicht für einen Revoluzzer. Ich denke an jemand, der auf billige Weise für etwas Billiges Reklame macht, er mag mir noch so spitzfindig auseinandersetzen, daß er so tue, weil ja auch die Zeit Purzelbäume schlage. Nein, ein Künstler, der irgendwelche Plattheiten in eine von ihm erfundene Sprache übersetzt und von mir verlangt, daß ich sein Desparanto mühsam erlernen soll, der fordert mir zu viel ab. Was er ausdrücken will, muß ohne Umstände lesbar sein, das vor allem. Im übrigen darf er mich plagen, soweit er es vermag. Ein Kunstwerk entsteht nicht, indem es gemacht wird, sondern indem es wirkt. Ist es nötig, die Binsenweisheit zu wiederholen, daß es absolute Kunstwerte nicht gibt, daß also selbst der Moses des Michelangelo ohne den Menschen, der ihn anstaunt, nichts weiter sei, als eine amorphe Anhäufung von Kalziumkarbonat? Insofern ist natürlich auch der krasseste Naturalismus gegenstandslos. Wäre es möglich, einen Mops haargenau nachzumalen, dann hätte man, wie Goethe sagt, kein Bild des Mopses erzeugt, sondern einen zweiten Mops. Aber kein Künstler vermag aus einem Mops zwei zu machen, das kann nur der liebe Gott, und auch er nicht, ohne sich selber hineinzumengen. Die Kunst ist nun einmal kein Mittel, das Wesen eines

Dinges von seiner Erscheinung zu lösen oder eines von beiden für sich darzustellen. Gewiß ist das ganze Getändel mit Valeurs, mit Konturen und Flächen nicht ohne Reiz, aber flache Adjektive wie »hübsch«, »zauberhaft«, »interessant« genügen völlig, um ein flüchtiges Entzücken daran zu bekunden. Wohin soll endlich das ganze Wesen führen? Wollen wir künftig den Begriff Kunst wirklich so definieren, daß sie alles sein kann, was irgend jemand dafür ausgibt?

Immer einmal, wenn ich des Spaßes halber solche Ketzereien äußere, dann schleppen die Freunde zuletzt wieder den Zeitgeist herbei. Kunst hin und her, sie habe sich mit der veränderten Welt auseinanderzusetzen, mit den Errungenschaften der Technik, den Ergebnissen der Forschung, die ja auch das Greifbare sublimierten bis zur schwerelosen Struktur eines Gedankens. Ach, die Errungenschaften! Wann hatte sich je ein Künstler um die Physik zu kümmern? Gott umarmte ihn, Gott warf ihn zu Boden, aber selbst der Herr konnte ihn nicht hindern, was er mit Augen sah, zu malen. Er hatte inwendig nicht Lunge, Leber und Gedärm, sondern »lauter Figur«.

Gewöhnlich graut schon der Morgen, wenn mich die Freunde verlassen, nicht weil sie des Geschwätzes überdrüssig, sondern weil wir alle betrunken sind. Ich laufe dann gern noch allein aus dem Haus, stehe im Zwielicht am Gartenzaun und spüre schläfrig, wie sich die Dunkelheit allmählich in einen behutsamen Wind auflöst. Die Sträucher erwachen und rühren ihre Blätter, die Vögel fangen zu singen an, das ist ganz einfach, das ist immer so. Wie tröstlich unterscheidet sich alles, was geschieht, von dem, was nur getan wird!

Und ich? Was für ein Teufel plagt mich mit sinnlosem Bemühen? Warum gehe ich nicht auch im Leben unbekümmert vor mich hin wie jetzt mein Feld entlang? Ich kenne doch den Weg, ich brauche nicht umherzuspähen oder über Bäume zu klettern und mir den Hals dabei zu brechen. Aber so habe ich Narr es immer getrieben. Einmal wollte ich Künstler werden, Maler, ein großer natürlich. Der Himmel hat mich rechtzeitig zur Vernunft gebracht. Wenn ich dennoch ab und zu den Pinsel in die Hand nehme, dann geschieht es nur noch aus Bosheit, um die Maler damit zu ärgern. Es belustigt mich, dort ernst genommen zu werden, wo ich gar nichts kann und nichts weiter vorhabe, als meine Geduld zu üben.

Mir wurde etwas ganz anderes zuteil, und auch darin bin ich ein Außenseiter geblieben, nicht einmal das, ein Ausgesparter. Das ist in der Hauptsache wohl aus dem Umstand zu erklären, daß ich, ungehobelt, wie ich von Haus aus bin, nicht Literatur machen, sondern schlechtweg für die Leute schreiben will. Dem Brauch nach sollte sich ja ein Schriftsteller von Rang weniger um diejenigen kümmern, die seine Bücher lesen, als um die anderen, die auch Bücher schreiben. Ich hingegen benehme mich wie ein Dorfbader, einen Heimatdoktor könnte man mich nennen, wenn in der Medizin ein so alberner Ausdruck möglich wäre.

Gleichviel, ich gehe umher und drücke mein Ohr auf die Brust der Menschen, um ihr Herz schlagen zu hören, manche riechen nach Schweiß, andere nach Badesalz. Und dann schreibe ich ihnen auf, was ich für heilsam halte. Viele konsultieren nebenher natürlich auch die Koryphäen meines Faches, deshalb wissen sie weit besser als ich, wie kompliziert ihre Leiden sind, beinahe könnten sie sich schon selber Rezepte schreiben. Aber seltsam, das Herz will davon nicht ruhiger werden. Sie lächeln skeptisch, wenn ihnen der Bader von Kräutern erzählt, von Wind und Wasser, und viele lächeln auch später noch, aber nicht mehr skeptisch.

Auf diese Weise konnte ich mir eine ärgerlich große Praxis einrichten, in dreißig Jahren, obwohl ich nie sehr eifrig studiert, nicht einmal den Doktor gemacht habe, im Vertrauen gesagt. Es ist eine Schande, fast mein ganzes Latein stammt aus der Meßbubenzeit. Der Pfarrer nahm es damals, wie es kam, sein eigenes war ja auch nicht viel besser.

Aber um aus dem Bild zu kommen: ich habe

einmal vorgeschlagen, eine bestimmte Sorte neuerer Literatur mit dem Ausdruck »Katholische Pornographie« zu kennzeichnen. Diese gar nicht sehr geschmackvolle Anregung trug mir sofort die Ehre ein, ernst genommen, öffentlich bei Namen genannt und wohlwollend belehrt zu werden. Aber mir war nicht zu helfen, der ganze Aufruhr verlief sich schnell wieder. Es fehlte mir offenkundig an Kenntnissen, an Belesenheit für eine solche Auseinandersetzung. Dabei ist mein Haus bis unter das Dach mit Büchern vollgestopft. Ich weiß nicht, wie das zugeht, denn was ich an Gedrucktem kaufe, weil ich es brauche, das findet leicht zu meiner Linken auf dem Schreibtisch Platz. Ich kann es an den Fingern herzählen, Claudius (einiger Verszeilen wegen, damit ich mir gelegentlich das Unerreichbare an Sprachkraft vorhalten kann), Dichtung und Wahrheit, ein wenig Hesse, wo er Hesse ist, und sonst einiges, dieser großartige Mensch zum Beispiel, dessen Namen ich gar nicht richtig aussprechen kann, weil er Exupéry heißt. Neue Autoren stehen auch in meiner Stube herum, ich blättere mitunter in ihnen, höre eine verbindliche Phrase, einen Witz, der durch das Alter nicht sauberer geworden ist, und fühle mich dabei wie auf einer jener grauenvollen Parties, die man buchstäblich überstehen muß, gequält nach einem Fluchtweg suchend, lächerlich gemacht durch ein klebriges Cocktailglas und ein zerfallendes Brötchen, das einen freilich wenigstens davor schützt, vom Nächstbesten mit den Händen angesprochen zu werden.

Offen gesagt, ich komme nicht dahinter, was jener Art von Büchern zu ihrem Ruhm verholfen hat. Daß einer schreiben kann, daß er also die gewöhnlichen Tricks beherrscht, die das Handwerk in Jahrhunderten entwickelt hat, das galt in meiner Lehrzeit als selbstverständliche Voraussetzung. Ich habe ja auch selber acht Jahre gebraucht, bis ich etliche Zeilen zustande brachte, die sich sehen lassen konnten, und dabei waren sie noch gar nicht von mir. Ist wirklich der Anreiz so nachhaltig, das Erstauen, etwas gedruckt zu finden, was man gedruckt nicht für möglich gehalten hätte? Warum gerät in jenen Büchern die Darstellung des Verwerflichen, Obszönen, Abnormen immer um so viel genauer und glaubwürdiger und ausführlicher als das, worauf es zumindest dem katholischen Autor eigentlich ankommen müßte: Läuterung, Sühne, Erlösung?

Gewiß kann alles Vorhandene, das Mögliche inbegriffen, Gegenstand einer Dichtung sein. Ich bin auch kein Puritaner, Gott weiß es leider. Mit meinen Lastern könnte ein Dutzend Menschen bequem auskommen. Wenn ich es je für wichtig hielte, von einem Lustmord zu erzählen oder von einem Handel im Bett, dann wäre meine Sorge nicht, ob etwas Derartiges zulässig sei, sondern ob meine

Kräfte ausreichen, einen solchen Vorwurf mit dichterischen Mitteln zu bewältigen. Man weiß ja Bescheid, ungefähr bei Lustmorden, sicher bei Händeln im Bett, und doch, welch ein armseliges Beginnen! Nicht daß die Literatur für Sitte und Umgangsformen in der Gesellschaft verantwortlich wäre. Aber es gibt einem doch zu denken, wenn man heute nur selten noch eine Primanerin findet, die nicht imstande wäre, die Sprache der Hafenhuren zu verstehen und, wenn sie ein bißchen mehr auf sich hält, auch akzentfrei zu sprechen.

Aber die stimulierende Wirkung des Ordinären verflüchtigt sich schnell, und es stünde schlimm um den Wohlstand der neuen Ablaßkrämer, wäre ihnen nicht die Entdeckung geglückt, daß auch der innere Mensch Stellen hat, an denen er sich nicht selber kratzen kann. Um es in ihrem Jargon zu sagen: Sie starteten das große Geschäft mit der Angst. Angst ist ein altes Erbteil des Menschen, seit er die Erfahrung machte, daß es Mächte gibt, die ihn nicht respektieren wollen, und daß auch die Folgen seiner eigenen Dummheit mitunter von der gleichen Größenordnung sind. Seltsamerweise vermag ein nur beschriebener Schrecken den wirklichen einzuschläfern. Der Bürger meint, solange ihm die Dichter das Grausige sorgfältig geschildert ins Bett liefern könnten, sei es mit dem Gruseln abgetan, und er gruselt sich doch so gern. Der apokalyptische

Writer zeigt ja nicht auf ihn, er nennt ihn nicht beim Namen. Also darf sich der Bürger für ausgenommen halten, er verzählt sich ja auch sonst immer um einen, wenn er die Schurken zählt, die er kennt.

Es ist nicht weiter schwierig, die Ordnung der Dinge so abzubilden, als ob sie durch Gottes Güte die denkbar beste wäre, dazu braucht man nicht einmal fromm zu sein. Leichter kommt man ins Geschäft, wenn man voraussetzt, die Welt nähere sich unaufhaltsam ihrem Untergang. Falsch ist beides, scheint mir, und beides gleich trivial. Des Nachdenkens wert finde ich allein die Frage, durch welche Kräfte sich das Ganze im Gleichgewicht hält, offenbar von Ewigkeit her und in die Ewigkeit hinein. Wer sich dabei langweilt, dem ist nicht zu helfen. Für mein Teil komme ich mühelos ohne Schweinereien aus.

Die Dichtung hat keinen Zweck zu erfüllen, wohl aber einen Sinn. Es mag mit ihr wie mit der Sonne sein: die Sonne scheint nicht, damit die Blumen blühen. Aber die Blumen blühen, weil die Sonne scheint. Anders gesagt – wäre die Welt, wie sie ist, dann könnte niemand an Gott glauben.

Ich sehe wohl, daß ich erst am Ende dieses Buches dorthin gelangen werde, wo ich hätte beginnen sollen. Um es noch einmal zu versuchen:

Wir standen also vor dem Mikrophon, mein waghalsiger Freund und ich, und nun wollten wir ein zwangloses Gespräch beginnen, aber nicht wie sonst mit dem Vorteil, daß alles Gesagte ohne Nachhall verklänge. Sondern wir hatten vor, die Vergangenheit zu bestehlen. Dieses kleine mausgraue Gespenst vor uns haspelte den Faden der Zeit auf eine Rolle, während wir sprachen, und noch nach Jahr und Tag würde jemand nur an ein paar Knöpfen zu drehen haben, um das Gewesene zurückzuholen, unsere Atemzüge, jede verstotterte Wendung. Den Fortschritt in Ehren, er macht einem wirklich das Leben bequemer, wenn auch nicht leichter. Aber es steckt doch etwas Zweifelhaftes hinter seinen Kniffen, ich weiß nicht, wie ich es nennen soll, etwas Uneigentliches. Was aus dem Lautsprecher käme, wäre gar nicht meine Stimme, es wären Stromschwankungen, herumgejagte Elektronen – ein Wort weiter, und ich hätte mich schon blamiert. Ein winziges Gebrechen könnte den Zauber sofort entkräften, schade um den Aufwand, alles tot. Ein Mann müßte kommen, der in solchen Zufällen Bescheid wüßte, aber wenn hinterher sein Wagen nicht mehr anspränge, könnte er wahrscheinlich nichts unternehmen, da müßte er einen anderen Mann zu Hilfe rufen. Bei meiner Neigung zum Handwerk kränkt es mich, daß ich kaum eines von den Dingen, die ich täglich gebrauche, völlig durchschauen, geschweige denn selber machen kann.

Aber wohin gerate ich wieder! Ich wollte berichten, daß wir uns insgeheim vorgenommen hatten, zufällig von Wanderung und Heimkehr zu reden, es sollte meinerseits durchaus harmlos klingen, wie es eben die Hörer von einem Plauderer aus Österreich erwarteten. Vielleicht konnte ich etwas Beiläufiges über die Kunst des Müßiggehens verlauten lassen, des planlosen Wanderns? Ich bin ja ein Vagabund an der Leine, fiel mir gleich ein, immer unterwegs und doch mit einem dauerhaften Faden an meine Heimstatt geknüpft.

Dabei verwickelten wir uns aber doch wieder in allerlei Schwierigkeiten. Wir meinten zu entdekken, daß es Begriffe gebe, die scheinbar Gegensätzliches ausdrückten, in Wahrheit aber zusammenhingen und ein Ganzes umschlössen – komplementäre Begriffe sozusagen. Dieselbe Einsicht bestätigt sich auch von einer anderen Seite her, insofern nämlich, als das Zwecklose in der Regel sinnvoll ist, das Zweckhafte hingegen fast immer sinnwidrig. So wäre etwa der Arbeit nicht ihr Ergebnis zugeordnet, nicht die Leistung, sondern die Rast; dem Ausgang, dem Aufbruch die Heimkehr über das Ziel hinaus. Als Kolumbus seine Karavelle bestieg, um Indien zu entdecken, und tatsächlich an neuen Küsten landete, hatte er damit wohl ungefähr den Zweck des Unternehmens erreicht. Allein erst die Rückkehr rundete seine Tat zu einem sinnvollen, wenngleich unheilschwangeren Ganzen. So betrachtet, könnte die Zerfahrenheit des heutigen Menschen, seine schale Skepsis, sein verdrossenes Auf-den-Nutzen-Starren, das Heillose seines Daseins insgesamt aus einem einzigen Grunde stammen, dem Unvermögen, Sinn und Zweck zu unterscheiden. Wir sind allesamt flinke Vorausrechner, aber faule Nachdenker.

Wie nun sollte ich von Wanderung und Heimkehr reden, ohne mein eigenes Leben als Beispiel zu nehmen, und wie beginnen, ohne zu sagen, woher ich kam, ehe ich ausging? Es wäre mir meiner argwöhnischen Verwandten wegen schon immer ein Trost gewesen, wenn sich unter den Vorfahren jemand hätte finden lassen, der mit ähnlich abwegigen Neigungen behaftet war wie ich selbst, mit einer erblichen Familienkrankheit also, einer Schickung. Aber nichts dergleichen ließ sich entdecken, vielleicht war auch die Auswahl zu klein.

Später, als man mir dringlich nahelegte, sorgfältiger nach meinen Ahnen zu forschen, kam ich schon mit den Großvätern beiderseits ins Gedränge, einer war Schwerfuhrwerker gewesen, ein anderer beim Wasserbau, und wie sie hießen, wußten wahrscheinlich auch die Großmütter nicht. Unlängst erst machte sich ein Gelehrter die unausdenkbare Mühe, diese Zustände wenigstens nach einer Seite hin ein wenig aufzuhellen. Ich hörte nicht ohne Befriedigung, daß eine lange Reihe ansehnlicher Leute, wenngleich ungewollt, für mein endliches Dasein verantwortlich ist, Schneidermeister darunter, auch ein Steuereinnehmer, der nach der Meinung des Forschers zusammen mit Abdekkern, Scharfrichtern und Barbieren zu einer streng geordneten und potentiell musischen Zunft gehört haben muß. Männer wie Lortzing und Strauß, behauptet er, seien solchen Konstellationen entsprungen. Weit entlegen, im Nebel ferner Zeiten, erscheinen die Namen meiner Urväter, der Gessner und Enzinger, einst als Bauernkönige im Pinzgau weithin bekannt.

Ich werde mir aber doch keine Krone in die Wäsche sticken lassen, denn eigentlich macht mir diese Entdeckung nur Kummer. Was gäbe ich darum, wenn ich meiner alten Mutter unsere Ahnentafel noch hätte vorzeigen können! Sie glaubte ja unbeirrbar daran, daß etwas Gräfliches oder noch Erlauchteres im Blut ihrer Kinder kreisen müsse. Wir neckten sie deswegen oft auf unziemliche Weise, weil sie doch in der Jugend Sennin gewesen war, auf einer Alm, wo sogar Erzherzöge Böcke schossen. Aber sie lächelte dann nur vieldeutig und ließ sich kein Geheimnis entlokken.

Ich war noch ein Kind, als mich Lehrer und Pfarrer in die Stadt auf bessere Schulen schickten, voll des Glaubens, daß ich für mehr als das Gewöhnliche berufen sei.

Zunächst ließ sich das Abenteuer nicht übel an, ich saß wohlgeborgen in meiner Kammer unter dem Dach eines engbrüstigen Hauses in der Altstadt. Glückselig sah ich über Schornsteine weg auf grünbewaldete Berge, und Schwärme von Tauben kreisten im blassen Himmel. Aber schon die nächste Nacht mußte ich in einem fensterlosen Verschlag durchwachen, auf stinkenden Säcken hokkend. Der Bruder meiner Wirtin handelte mit Därmen. Fußtritte erhielt ich zur Antwort, als ich nach dem Essen fragte, das die Mutter auf Wochen hinaus bezahlt hatte, ehe sie mich verließ.

Mit einem Male war ich nun wirklich allein in der großen feindseligen Stadt. Auch in der Schule fand ich keine Seele, die mir wohlwollte, außer dem Deutschlehrer. Ihm verdankte ich es ja auch, daß ich gleich über ein Jahr vorrücken durfte. Er hatte mir bei der Prüfung eine schwierige Aufgabe gestellt. Ich sollte flink auf einem sauberen Bogen Papier einen Vers auslegen, wonach das Schicksal des Menschen dem Wasser glich. Graubärtig, wie ich heute bin, würde ich so etwas nicht mehr wagen, damals jedoch glaubte ich die Menschen wie das Wasser zu kennen. Zudem hatte ich eben angefangen, Ganghofer zu lesen, und daher verfügte ich über einen unerschöpflichen Vorrat an Metaphern und poetischen Wendungen. Die anderen Professoren schüttelten zwar ihre Köpfe, als sie in meinem nichts vorfanden, aber der Deutschlehrer widerlegte sie alle, indem er mein Machwerk zum besten gab. Es sei ein erstaunliches Produkt, sagte der ahnungsvolle Mann.

Mir selber half das nicht weiter als über den Augenblick hinweg, ich geriet mit jedem Tag tiefer in eine würgende Not. Wie ich mich tragen und was ich sagen mochte, alles brachte mir nur Hohn und Verachtung ein, meine bäurische Sprache, sogar meine Röhrenhosen aus harbenem Tuch. Als ich voll Empörung erklärte, meine Mutter habe sie selber für mich genäht, lachte sogar der Deutschlehrer mit dem ganzen Bubenhaufen.

Wenn ich in dieser Zeit mein Elend betrachtete, nachdem ich den letzten Krapfen als Erbteil von der Mutter her verzehrt hatte, so wartete am Ende aller Wege nur ein schmählicher Tod. Darum beschloß ich, wenigstens mit meinem leiblichen Teil der Schande auszuweichen und freiwillig zu sterben. Um den Leuten keine Umstände zu machen, wollte ich das auf dem alten Friedhof an der Wand des Stadtberges besorgen. Aber auf dem Weg in mein frühes Grab sah ich Leute vor einer Tür stehen. Sie schoben sich Schritt für Schritt an ein kleines Fenster heran und bekamen einen Blechteller voll mit heißer Suppe herausgereicht. Ich überlegte zwar, daß es reine Verschwendung sei, so kurz vor dem Tode noch Suppe zu essen, aber der Hunger machte mich beherzt, und ehe ich Zeit fand, auch nur ein Kreuz zu schlagen, hatte ich das gleiche Gebräu in Händen, mit zwei brühwarmen Knödeln darin. Das Wunder war freilich unvollkommen, weil ich nichts als meine Finger besaß, um die Klöße herauszufischen. Aber da hockte ein stoppelbärtiger Mann auf der Türschwelle, der winkte mich zu sich und lieh mir seinen Löffel. Dieser Mensch roch nach Schnaps und auch sonst nicht gut. Während ich aß, betrachtete er mich schweigend. Dann begann er mich auszuforschen, grob, er spuckte mir seine Fragen vor die Füße. »Höre zu«, sagte er endlich, »dir glaube ich kein Wort. So dumm kannst du nicht sein, daß du nicht einmal dein Fressen findest!« Ich leckte den Löffel sauber ab, ehe ich ihn zurückgab, und diese Probe meines Anstandes besänftigte ihn ein wenig. »Dreimal in der Woche holst du dir da die Suppe«, sagte er. »Damit hilfst du wenigstens den Kutten in den Himmel, wenn es einen gibt.« Dazwischen könne ich bei den herrschaftlichen Gänsen in der Kochschule unten an der Ecke einkehren, die seien ohnehin froh, wenn sie jemanden fänden, der ihr Zeug hinunterwürge. »Ja, und was soll ich dir sonst sagen? Halte dich an die Weiber in den Metzgerläden, aber nur an die dicken!«

Das waren brauchbare Ratschläge, damit behalf ich mich lange Zeit. Aber auch selber lernte ich einiges dazu. Am gleichen Abend noch traf ich meinen Hauswirt auf der Treppe. Bucklig und kurzatmig, wie er war, fluchte er unter der Last von Säcken. Es hätte mich freuen müssen, meinen Todfeind so jämmerlich stöhnen zu hören, aber ein guter Engel gab mir etwas Besseres ein. Ich nahm den Packen und schleppte ihn auf den Dachboden. »Hierhin!« sagte der Bursche. »Und verschwinde wieder in deiner Kammer, ich brauche Platz!«

Ich erzähle das, weil der Knabe, als er auszog, eine Lehre empfing, die auch für den Alten noch galt, als er längst heimgekehrt war: Was einem genommen wird, dem soll man nicht nachweinen, das ist verloren für immer. Nur was man gibt, bekommt man zurück.

Glück und Unglück sind gleich gefährliche Zufälle, wenn man versäumt, sich sofort damit einzurichten. Ich habe nie viel Mühe daran gewendet, mein Schicksal zurechtzubiegen, in den Gang der Dinge einzugreifen, meinen Vorteil mit Gewalt zu erobern. Denn sooft ich versuchte, ein Held zu sein, schlug es mir übel an. Niemand kann das Glück seines Lebens schmieden, immer nur das Glück des Augenblicks. Heldentum gehört überhaupt nicht zu den Erscheinungen menschlicher Größe, die ich ohne Vorbehalt bewundern könnte. Meine Neigung wendet sich den Unbekränzten zu, die im gemeinen Leben ihre ganz gewöhnliche Schuldigkeit tun. Und im Äußersten: was für ein lächerliches Versehen, für eine Sache zu sterben, statt für sie zu leben!

So habe ich von jeher versucht, das Gegebene geduldig hinzunehmen und mich selber hineinzufügen, mit allen meinen Kräften freilich, mit Zuversicht und ohne großes Gepränge. Auch das glückte mir nicht immer, am besten noch in der frühen Jugend. Ich litt keine Not mehr und hatte meine kleinen Freuden, als Zaungast zumeist, aber damals waren die Zäune weniger dicht gefügt als heutzutage. Und so weit gedieh meine Welterfahrung, daß die Mutter fast an der Unschuld ihres Sohnes irre wurde, als er eines Sommers mit Sockenhaltern in die Ferien kam.

Sorgen machte mir nur die Schule, ich fand keine Zeit mehr, mich um das zu kümmern, weswegen ich eigentlich in die Stadt geschickt worden war. Im vierten Jahr hätte ich die Heimsuchungen von seiten der Mathematik wohl nicht mehr überstehen können. Aber der Krieg rettete mich, ihm lief ich freiwillig und Hals über Kopf in die Arme.

Meinem Vater galten die Jahre, in denen er Soldat des Kaisers war, als die besten seines Lebens, er hatte bei den Kanonieren auf einer Festung im Süden gedient, und ohne einen Schuß zu lösen, war er als Vormeister heimgekehrt. Oft bewunderte ich ehrfürchtig ein Bild aus seiner großen Zeit, er saß da auf einem Thron aus Marmor, das dunkle Haar sorgfältig in Wellen gescheitelt. Zwei Sterne blinkten auf seinem Kragen, und über den Knien lag das breite Schwert. Ein schöner und kühner Mann, mein Vater, unser Stolz, wenn er zu Fronleichnam mit Federhut und Schärpe als Flügelmann der Veteranen ausrückte.

Ich, sein Sohn, war für das Kriegerische weniger begabt. Das zeigte sich schon am zweiten Tag, als ich hundemüde von dem verwirrenden Rechts- und Linksherum in die Kaserne zurücktrottete und mein Gewehr am Riemen hinter mir her die Treppe hinaufzog. Ich traf dabei einen Offizier, den ich gar nicht kannte, und der mich gleichwohl scharf zurechtwies. Was ich darauf sagte, brachte mir augenblicklich dreißig Tage Arrest ein, und nachher schickte man mich ohne weitere Belehrung ins Feld.

Dort wurde scharf geschossen, und das war alles, was ich sofort begriff. Aber nie wieder wagte ich es, mich aufzulehnen, ich stand, wo man mich hinstellte, oder lief, wenn man mir das befohlen hatte, nur wendete ich überall meine ganze Bauernschlauheit daran, dem Verhängnis einen winzigen Vorteil nebenher abzugewinnen. Das hielt man anfangs für Glück, später leider für Mut, und dadurch geriet ich nur um so ärger ins Gewürge. Einmal, als ich auf Posten stand, wollte ich abends noch heimlich Kastanien von einem zerfetzten

Baum im Vorfeld holen. In der nebligen Dämmerung verlief ich mich und wußte nicht mehr aus und ein, bis ich plötzlich einige Leute sah, die auch in dieser löchrigen Gegend herumstolperten. Ich rannte ihnen nach, schrie und bat sie flehentlich, auf mich zu warten. Das taten sie dann auch wirklich, und obwohl sie eigentlich auf die andere Seite gehörten, brachten sie mich gutwillig in meinen Graben zurück. Ich hoffte eine Weile, man werde mich der Kastanien wegen wieder in den Arrest stecken. Aber es wurde mir nur nach etlichen Wochen eine Medaille an die Brust geheftet.

Das zog sich alles so hin eines um das andere Jahr, schließlich ernannte man mich zum Offizier. Ich hatte über sechzig abgezehrte Leute zu befehlen. Sie schauten ohne Hoffnung in mein blasses Milchgesicht, sie krümmten sich und fluchten und beteten, wenn die Feuerwände barsten, vor und hinter uns und auch dazwischen. Vier Lebende kauerten mit mir in einem Wasserloch, als das Ende kam. Jemand schoß mir noch am Ohr vorbei, irgendein fremder Lümmel, und dann war alles vorüber.

Vorüber, ja, ich hatte in der ganzen Zeit keinen Tropfen Blut verloren, außer an das Ungeziefer. Aber nun, in der sicheren Gefangenschaft, befiel mich ein weit ärgeres Übel. Man hatte mir die Arbeit eines Mannes abverlangt, und plötzlich war ich wieder in die Kindschaft zurückgeglitten. Die fremde Sonne wärmte nicht, ich fror in ihrer Glut. Die Tage verbrauchten sich leer unter dem immer leeren Himmel, und das Meer erschreckte mich, sein ruheloses Wasser. Wahrscheinlich war ich wohl auch schon krank, und davon blühten meine Wangen so rot, daß ich mich kaum der Männer erwehren konnte, die sich meinetwegen stritten wie um ein Mädchen. Ich trank so viel von dem schweren Wein der Bauern, wie ich erbetteln konnte, verschlief meinen Rausch und trank wieder.

Von fern her hörten wir, daß der Krieg zu Ende war, unsere Wachen wurden nachlässig. Stundenlang saß ich bei einem Schuster in einer stinkenden Gasse und lernte allmählich, ihm an die Hand zu gehen. Ich rollte den Pechfaden auf der Hose und zog die Schweinsborsten ein, und eine Tochter hatte er auch, daß ich es nicht vergesse, Angela mit Namen. Sie war hübsch und lustig und weit erfahrener als ich, mit ihren zwölf Jahren. Abends brachten wir die geflickten Sandalen zur Kundschaft des Vaters. So dürftig der Lohn war, das Mädchen schlug doch jedesmal ein paar Soldi für uns heraus. Dann kaufte sie süße ölige Fladen, um mich damit auf den Klippen oder im Bauch eines Bootes zu füttern, und gewöhnlich schlief ich dann auch gleich ein, fieberheiß und sterbensmüde und glücklich. Der Tod war mir näher als je zuvor, aber ich wußte es nicht, ich lebte wieder gern. Das Salz des Schweißes hat mehr heilende Kraft als das Salz der Tränen. Ich begann, zögernd zuerst und bald mit Eifer den Lehrern zuzuhören, die in unseren Stuben saßen und sich selber retteten, indem sie anderen halfen. Alles, was ich sicher weiß, was ich wirklich gelernt habe, verdanke ich diesen Männern, sie öffneten mir die weiten und so stillen Räume des geistigen Lebens. Wie oft eigentlich habe ich ganz unten angefangen? Oder mußte ich etwa immer wieder dorthin zurückkehren, woher ich kam, ganz nach unten, damit ich das rechte Maß gewänne für das, was mir zu tun auferlegt war?

Ich kehrte heim und fand alles verändert. Vater und Mutter alt, das Land verarmt, das Leben verwildert. Mein Lehramt mußte ich bald aufgeben, ich war noch krank, aber nun gab es kein Fenster mehr, durch das mir Suppe gereicht wurde. Eine Weile trieb ich mich herum, als Agent, beim Straßenbau, es war nichts Rechtes. Ich ging doch wieder ins Dorf zurück und blieb bei den Leuten, die wenigstens freundlich waren oder selber zu arm, um einem Armen wohl oder übel zu wollen. Langsam begann ich Fuß zu fassen, weiß Gott, qualvoll langsam. Ich saß in der Stube, von Flöhen gepeinigt, schrieb auf Packpapier und heizte den Ofen damit und fing von neuem an, Jahre hindurch. Nebenher gewann ich Freunde, Stefan Zweig zuerst, dann Kippenberg und viele. Carossa auch. Einmal las er in einer Stadt, ich wollte ihn hören, aber mir war nicht gut. So lag ich in einem Zimmer hinter dem Podium. Carossa sprach ein paar Verse hintereinander, dann kam er wieder zu mir gelaufen, griff nach meinem Puls und steckte mir etwas aus seinen vielen Taschen in den Mund. Er brachte mich auch wirklich wieder auf die Beine. Nachts beim Wein fragte ich ihn scheu und um Gottes willen, was denn an mir sei, daß er seine Bewunderer meinetwegen zurückgelassen habe. Darauf schwieg er lange. Er wisse es auch nicht, sagte er endlich. Aber vielleicht sollte ich mich darauf besinnen, daß ich die Gabe besäße, Menschen anzusprechen.

Das habe ich mir gemerkt. Ich begann zu zweifeln, ob ich des hohen Aufschwunges der wahren Dichter fähig bin oder jenes inneren Feuers, in dem Geist und Herz zusammenschmelzen. Es war ein bitterer Entschluß, mich mit der Einsicht zu begnügen, daß ich eben doch nur ein Handwerker sei. Dieses Zugeständnis ist nicht so bescheiden zu verstehen, wie es klingt, es hat mein ganzer Hochmut darin Platz. Denn sollte mir, wie ich zuweilen glaube, in unablässigem Bemühen etwas vom Geheimnis der Form aufgegangen sein, so wäre das mehr, als den meisten meiner Zunft zuteil wurde.

Manche Kritiker messen freilich mit der Elle und meinen, ich verfügte wohl längst nicht mehr über die Kraft und den Atem, ein umfängliches Buch zu schreiben. Das mag insofern zutreffen, als Kraft und Atem nicht einmal immer ausreichen, der gegenteiligen Forderung zu genügen, nämlich nichts zu sagen, was sich noch einfacher, noch kürzer sagen ließe, selbst wenn ich mit Flugblättern enden müßte. Dabei habe ich wahrhaftig noch nie jemand gebeten, mir zuzuhören, und noch keinen abgewiesen, der es aus freien Stücken tun wollte. Für mich ist das geprägte Wort nicht nur ein Mittel, einen Gedanken Gestalt annehmen zu lassen, es ist selbst Gestalt. Und ich kenne keine tiefere Freude mehr, als die an einem ausgewogenen, im Gleichgewicht ruhenden Satz, wo immer ich ihn finden mag. Eine magere Ernte also, die der Heimgekehrte unter Dach gebracht hat. Aber nun bleibe ich hier in meinem Dorf, kein Ruf der Eitelkeit soll mich noch weglocken. Jeden Tag zur gleichen Stunde trabe ich den Hügel hinunter, um nachzufragen, was die Post gebracht hat, seufzend, wenn viele Briefe kommen, verdrießlich, wenn es wenige sind. Unterwegs schwatze ich gern ein bißchen mit den Leuten, die schwerhörigen Grauköpfe schüttle ich am Ärmel, damit keiner meint, ich hätte ihm nicht für seinen Gruß danken wollen. Alte Freunde nennen mich beim Vornamen, und sogar die jungen Burschen lüpfen mitunter den Hut. Kein

Gespreize weiter, ich weiß, was die Krämerin an Neuigkeiten loswerden möchte, und überlege mir, wovon der Schmied nicht gern redet, er sagt ja auch nichts über mein Pech mit dem Marillenbaum, der schon den dritten Sommer nur taube Schößlinge treibt.

Über Mangel an Zuspruch habe ich nie zu klagen, denn das Dorf ist inzwischen berühmt geworden, vielleicht, weil es hier nichts Aufregendes gibt, was einem mit der Zeit langweilig werden könnte. Die Gäste rutschen geduldig auf den Bänken herum, solang die Sonne scheint, und wenn es regnet, kommen sie zu mir. Aber ich bin auch launisch, ich mag das nicht immer gern. Junge Mädchen besuchen mich, fassungslos vor Staunen, daß hier ein Dichter lebt, der noch nicht gestorben ist. Andere Leute haben ein Buch gelesen, es muß nicht eines von meinen gewesen sein, sie wollen jetzt nur erfahren, wie so ein Mensch aussieht, der vom Bücherschreiben leben kann. Ich trete entwaffnet vor das Haus und lasse mich fotografieren, damit sie mich daheim unter den Merkwürdigkeiten und Abnormitäten vorzeigen können, die sie auf ihrer Reise gesammelt haben. Das halte ich für gut und richtig. Denn in der Narrheit der Weisen und der Weisheit der Narren ist ja doch alles Menschliche beschlossen.

Das Haus liegt breit und geräumig auf seinem Platz, mit ein wenig Gartenland rundherum. Die

Vorsehung hat mir einen Neubau gegenüber in die Wiese gesetzt, damit ich jeden Tag Gott dafür preisen soll, daß ich selber nicht von Schlackenziegeln und dergleichen Dreckzeug umgeben bin.

Anfangs bewohnte ich nur die Dachstube, dort waren schon viele gestorben, und es sah auch für mein Teil nicht eben tröstlich aus, was die Gesundheit betraf. Aber ich bin zäh von Natur, ich habe die Inwohner listig überlebt, und kürzlich konnte ich das ganze Gemäuer kaufen. Von Zeit zu Zeit steige ich treppab und -auf und bewundere alles, was ich besitze. Vielleicht werde ich sogar jemand finden, der den Kram dereinst erben will.

Was draußen in der Welt geschieht, kümmert mich wenig. Natürlich kann mir ein Meteor auf das Dach fallen, ein Erdbeben kann mich aus dem Bett schütteln, was soll man dagegen tun? Das sind unzugängliche Naturerscheinungen, Erdbeben und feuerspeiende Berge, oder großmächtige Strohköpfe, die plötzlich in Brand geraten und die schöne Welt um sich her verderben.

Etwas dergleichen mag mein Leben auslöschen, aber ist es auch nur einen Augenblick meines Lebens wert? Nein. Ich bin mit ganz anderen Dingen beschäftigt, mit einer Unmenge von Vorgängen und Zusammenhängen, die ich im Auge behalten muß, so eifrig, daß ich dabei schon mit dem Kopf gegen einen Baum rannte, obwohl ich doch genau wußte, wo er steht. Ameisen zum Beispiel, Wochen hindurch liefen sie den Weg entlang, jede mit einem zusammengekrümmten Opfer zwischen den Zangen, ich dachte an Raub und Mord. Aber das war gedacht, wie ein Mensch denkt. Wahrscheinlich zogen sie nur um, in ihren Sommerbau, und was den Weg nicht fand, das ganze verwöhnte Hausgesinde, wurde behutsam mitgeschleppt. Ich lebe genauso, und lebe ruhig, immer darauf bedacht, nicht allzuviel Schaden zu stiften und mir niemanden zum Feind zu machen, der nicht auch würdig wäre, mein Freund zu sein. Auf solche Weise komme ich sogar mit mir selber leidlich aus. Viel habe ich ja nicht mehr zu besorgen, jedenfalls nichts Weltbewegendes. Und wäre ich gar nicht vorhanden – wie tröstlich, zu wissen, daß gewiß niemand auf den Gedanken käme, es fehle irgend etwas im Lauf der Dinge.

Eines wird mir freilich immer unbegreiflich bleiben: daß es Menschen gibt, die mich gelten lassen, wie ich bin, und die mir dennoch im Herzen zugeneigt sind. Aber es gäbe wohl wenig Liebe in der Welt, wenn sie nur denen zuteil werden könnte, die sie verdienen.

Gudrun Pausewang
Pepe Amado
Eine unglaubliche und utopische Geschichte
Roman
216 Seiten. Geb.

Dumpf und ergeben fristet er in einer großen südamerikanischen Hafenstadt sein Dasein: Pepe Amado, ein dunkelhäutiger, massiger Mann. Seit früher Jugend der Mozo, der Knecht eines brutalen Obsthändlers, kennt Coco, wie er genannt wird, nichts als den Hinterhof, in dem er tagtäglich Kokosnüsse zerhackt. Das Unten und das Oben sind festgelegt, ohne Perspektive: Dort der Herr, der Patrón, der ihn, seinen Mozo, prügeln darf wie einen Hund, wann immer es ihm gefällt. Als eines Tages das Nebenhaus abbrennt, verändert sich seine Welt schlagartig...
Ein modernes Märchen, und mehr als das: eine Klage über die Herrschaft der Lüge und die Unterdrückung des Menschen durch den Menschen, zugleich der erste Takt eines Liedes von der kleinen Hoffnung auf Veränderung.

Eugen Roth
im dtv

Foto: Erika Drave

Ernst und heiter

»Diese Auswahl bietet einen Querschnitt durch das Schaffen eines Autors, der durch seine heiteren Versbände, aber auch durch seine ernsten Gedichte und Erzählungen seit Jahrzehnten eine große Lesergemeinde erfreut.« dtv 10

Genau besehen
Verse und Anekdoten

Verse über alltägliche Situationen und die Unvollkommenheit der Welt und der Menschen; Anekdoten und Geschichten über Erlebtes und Erlittenes aus der Zeit vor dem Ersten Weltkrieg bis in unsere Tage; Lebensweisheiten in Limericks und Schlüsselreimen. dtv 749

So ist das Leben
Verse und Prosa

Eugen Roths Thema sind alltägliche Begebenheiten, wie sie jeder erleben kann, menschliche Schwächen, von denen keiner frei ist.
dtv 908 und dtv großdruck 2529

Das Eugen Roth Buch

Eine umfassende Sammlung von heiteren Versen und ernsten Gedichten, von Anekdoten und Erzählungen. dtv 1592

Je nachdem
Heitere Verse und Gedichte

Eugen Roth ist nicht nur ein scharfzüngiger Menschenkenner, er hat auch eine andere, zartere Seite. In diesem Bändchen kommt der humorige und der ernste Eugen Roth zu Wort. dtv 1730

Der Weg übers Gebirg
Erzählung

Aus dem verwegenen Bergsteiger Wilhelm Bornkessl ist ein honoriger promovierter Jurist geworden. Doch seine Leidenschaft ist geblieben: Er beschließt, noch einmal einen gefährlichen Aufstieg ins Hochgebirge zu wagen. Während er allein über Granitblöcke, über Schnee- und Schutthalden klettert und dabei in fast ausweglos erscheinende Situationen gerät, bewegt vieles sein Herz...
dtv großdruck 2545

Das Buch

Daß Müßiggang keineswegs aller Laster Anfang ist, weiß Karl Heinrich Waggerl am eigenen Beispiel schlitzohrig zu begründen. Kein Wunder also, wenn er nicht viel von alten Sprüchen hält. Ein geflügeltes Wort allerdings findet er in der Realität bestätigt: »Aus dem Himmel fällt kein Meister ... Das halte ich für eine der verläßlichsten Auskünfte über jenseitige Verhältnisse. Denn wie sich aus dem Zustand der Welt schließen läßt, scheint bisher wirklich nur Pfuscher das Mißgeschick getroffen zu haben, aus dem Himmel zu fallen.« Mit trockenem Humor und der seltenen Gabe, auch über sich selbst lachen zu können, plaudert hier ein Dichter über alles, was ihn bewegt, und gibt Einblick in sein Leben, das von einer tiefen Liebe zu Mensch und Natur geprägt ist.

Der Autor

Karl Heinrich Waggerl, am 10. Dezember 1897 in Bad Gastein geboren, am 4. November 1973 in Schwarzach im Pongau gestorben, Sohn eines Zimmermanns, besuchte das Lehrerseminar in Salzburg. Er war Offizier im Ersten Weltkrieg und lebte nach seiner Rückkehr aus italienischer Kriegsgefangenschaft 1920 als freier Schriftsteller in Wagrain.

dtv großdruck